Peggy Parnass, Süchtig nach Leben

Für Kim

Mit Dank an alle, die immer für mich da sind.

Peggy Parnass

Süchtig nach Leben

Konkret
Literatur
Verlag

1979 Joseph-Drexel-Preis für »hervorragende Leistungen im Journalismus«, überreicht von Professor Eugen Kogon

1980 Fritz-Bauer-Preis der Humanistischen Union für »Prozesse 1970 bis 1978«, überreicht von Professor Ulrich Klug

2. Auflage 1990

Umschlaggestaltung: Cordula Reiser
Umschlagfoto: Isolde Ohlbaum
Innenfoto: Jürgen Christ
Satz: Fotosatz Knab, Lintach
Druck: Fuldaer Verlagsanstalt, Fulda
ISBN 3-922144-90-X

Inhalt

Vorwort

In ihrem Buch »Unter die Haut« schreibt Peggy Parnass: da sie Chaplin so sehr liebe, wäre sie am liebsten »Chaplina« geworden ...

So unerfüllt ist dieser Wunsch ja nicht geblieben. Denn wenn der Name des großen Komödianten ein Synonym für Unverwechselbarkeit ist, dann kann Peggy Parnass ihn in der femininen Form getrost auf sich übertragen – sie *ist* unverwechselbar, total und restlos, bis in die Spitzen ihrer Wuschelhaare, die Landschaft ihrer Mimik, die persönliche Einzigartigkeit, mit der sie, und nur sie, sagen kann: »Süßer Freund!«, ohne daß es als etwas anderes verstanden wird als das wunderbare Kompliment ihrer Wertschätzung.

Unverwechselbar ist auch alles, was sie geschrieben hat. Ich sage – alles. Ich habe in dieser Lektüre über die Jahre hin nicht eine Zeile entdeckt, die nicht persönlich gewesen wäre. Dabei werden durchaus auch die Grenzen hin zum Exhibitionismus im Sturm überschritten (obschon selbst dabei immer die Würde von etwas Unantastbarem durchschimmert), wird ein Mut zur Eigenentblößung sichtbar, wie ihn nur wenige finden. Dennoch hat man nie den Eindruck, daß die Entblätterung des eigenen Ich Selbstzweck ist, sondern daß hier jemand einer Spur folgt – dem *Menschen*, der *Menschlichkeit*, den *Humanen* und *Humanitären* – eine verzweifelte, bohrende, ganz kapitulationsunfähige Suche ist das, sonst wäre sie schon längst vorbei. Und bei all dem immer wieder: Weisheit gepaart mit Naivität! Kann ein Individuum sympathischere Ingredienzen aufweisen – und prekärere?

Schließlich: Von wievielen Menschen kann man schon sagen, sie seien »ehrlich bis auf die Knochen«? Peggy Parnass ist es. Ihre Ehrlichkeit ist die Größe dieser zierlichen Person, ihre

Stärke und – ihre *verheerende Verwundbarkeit.* Ich lese diese beiden letzten Worte in der Ballung, der Multiplikation von Eigenschafts- und Hauptwort noch einmal und beharre: Ja, sie stimmen, sie passen zusammen, sie stellen wahrscheinlich den vorherrschenden biographischen Aggregatzustand der Peggy Parnass dar.

Wenn sie so vor mir stand, habe ich mich oft gefragt, wie das auszuhalten sei, und bin zu dem Schluß gekommen: Das geht nur, wenn hinter allem ein basaltharter Wille steht, sich zu *wehren* – sich zu wehren gegen *Unmenschen* und *Unmenschlichkeit*, gegen *Inhumanitas* und *Inhumanitäres.* Nur damit geht es. Aber der Preis dafür steht Peggy Parnass ins Gesicht geschrieben.

Ich kannte sie durch ihre Veröffentlichungen bereits lange, bevor wir uns persönlich trafen – und Freunde wurden, sofort, ohne Vorverständigung, in uraltem, unverbrüchlichem Verständnis, dessen Wege nach *einem* Kompaß alle hinführen zu *einem* Namen, *einer* Stätte, zu dem *einen* Symbol unüberbietbarer menschlicher Größe und menschlicher Niedrigkeit – zu Auschwitz.

Mehr dazu nicht.

Und überhaupt nur noch dieses: Deinem neuen, deinem jüngsten Buch, dessen Vorwort hier nun endet, viele Leser – du hast sie allemal verdient! Denn ich, teure Freundin, bin in deinen Werken manchem anstößigen, manchem möglicherweise zu drastischem Wort begegnet, aber nie, niemals einem langweiligen!

Hamburg, im Januar 1990 Ralph Giordano

Wo es schön war

Wenn ich an Heimat denke, fällt mir absolut kein Land ein, kein einzelnes Land. Ich bin staatenlos geboren und Schwedin geworden. Das führt mich aber nicht in die Nähe irgendeiner Heimat. Für mich sind Nationalitäten und somit auch Länder eher etwas Zufälliges, etwas, in das man zufällig hineingeboren wird. Es kann ja auch auf einer Reise passieren. Oder wie bei meinem Bruder Gady, der Engländer ist, inzwischen aber im Kibbuz lebt, und der dafür gesorgt hat, daß sein Kind die englische Nationalität bekam. Das heißt, sie haben ganz einfach zugesehen, er und Shlomith, daß das Kind in London geboren wurde. Aus praktischen Gründen.

Ich beneide alle, die ein Elternhaus als Heimat haben, ein Elternhaus kann ich mir schon als Heimat vorstellen.

So, wie es ist, bin ich überall und nirgends zu Hause. Überall heißt, daß ich, wenn ich irgendwo hinkomme, irgendwo hinreise, nach unglaublich kurzer Zeit da zu Hause bin. Ich kann aus meiner Wohnung und aus meinen Tellern und Tassen und Bildern und Büchern und allem, was ich besitze, aussteigen und woanders ganz neu und ganz anders anfangen, gern in einer andern Sprache. Eine andere Sprache heißt dann jedesmal für mich auch ein anderes Leben.

Heimat? Ich fühl mich in Freunden zu Hause. Menschen sind für mich am ehesten Heimat. Und die Erinnerung an Vertrautheit, an Stimmen, an Düfte. – Wenn ich jetzt überleg, was für mich Heimat ist, versuche ich mich an die verschiedensten Gelegenheiten von Geborgenheit zu erinnern. Das scheint mir Heimat zu sein.

Meine früheste Heimat waren die runden, schönen Brüste meiner Mutter. Da durfte ich hin, zwischen ihnen durfte ich sein, da durfte ich mich aufwärmen, durfte kuscheln, mußte vor

nichts Angst haben. Hier in Deutschland gibt es für mich keine andere Heimat.
Und Schweden? Stockholm, London, Paris? Das hat alles nichts mit Heimat zu tun. Aber es gibt ein Wiedererkennen von Land zu Land: der Sternenhimmel etwa, die Vorstellung, daß überall dieselben Sterne zu sehen sind, egal, wo wir uns gerade befinden – das gibt mir ein sonderbares Heimatgefühl. Zum Beispiel der Große Wagen. In Stockholm lief ich im Winter immer auf Skiern nach Hause und hatte, wie einen Wegweiser zur Villa meiner zwölften Pflegeeltern, immer den Großen Wagen vor mir. Ich war dann ganz verblüfft, als dieser Wagen auch woanders wieder auftauchte. – Hier in Hamburg sehe ich ihn allerdings kaum. Hier sehe ich überhaupt keine Sterne, außer Silvester, wenn ich aufs Dach klettere und in den Himmel guck.
Den Großen Wagen wiedersehen und andere Sterne, das hab ich vor allem auf meinen Inseln getan. Auf den Inseln, auf denen ich mich sehr oft und immer sehr lange zu Hause fühlte. Auf der Ile Ste. Marguerite, auf der Ile du Levant, auf Sylt, in Xania auf Kreta, in der Normandie, in der Dordogne, in San Carlos auf Ibiza und in dem kleinen Künstlerbergdorf Deia. Vielleicht sind Inseln für mich so etwas wie Heimat. Um die Inseln ist das Meer, und das ist auch Heimat.
Komisches Wort, Heimat – jetzt fällt mir auf, daß ich das Wort bisher noch nie benutzt habe, bisher war das Wort Heimat für mich gar kein Begriff, gar nicht vorhanden.
Auf Inseln fühl ich mich frei. Auf Inseln werde ich wieder neu. Auf Inseln kann ich atmen, und im Meer möchte ich mich ertränken – das wäre ja dann wohl auch Heimat, nach Hause ins Meer.
Ob Erinnerungen Heimat sind? – Mir fällt ein, daß die Brötchen bei meiner Oma immer ganz anders dufteten und viel besser schmeckten als bei uns zu Hause, obwohl wir sie beim selben Bäcker holten. Meine schöne, fröhliche Oma selbst,

dick und rund und immer gut gelaunt. Immer gab's bei ihr etwas Gutes zu essen. Obwohl sie sehr arm war, hatte sie ganz einfach immer etwas für jeden. Egal, wer von uns wann klingelte, immer hieß es wie durch Fügung: »Ach ich bin gerade beim Kochen. Setz dich nur hin, gleich ist es fertig.« Und wenn noch sieben Leute dazukamen, reichte es auch.
Pudl, mein Vater, fuhr immer Fahrrad, und er hatte für mich einen Holzwagen auf zwei Rädern gebastelt, den er an sein Rad hinten dranhängen konnte. Da drin saß ich dann und fuhr mit, raus ins Grüne und durch Alleen, in denen ganz große Bäume standen, und in den Wald. Mit ihm zusammen immer dahin, wo es Bäume gab. Dieses Wägelchen, das war dann wohl auch Heimat.
Wenn meine Cousine Urselchen und ich zusammen unter die Decke krochen im großen Bett und uns dann im Dunkeln alles erzählten – das war sehr schön, dann war eben unter der Bettdecke Heimat. Wenn Urselchen und ich bei uns in diesem kleinen Hintergarten schaukelten – wir wohnten in einem Arbeiterviertel und hatten trotzdem einen kleinen Garten vorne und einen kleinen Garten hinten –, wenn wir da schaukelten, das war toll. Und sogar, wenn wir Mutti halfen bei der Abwäsche, in der Küche mit Blick auf den Garten – war das dann auch Heimat? Obwohl wir beide nicht gerade gerne abgewaschen haben.
Dann fällt mir noch die kleine portugiesische Synagoge in Hamburg ein. Das war unsere Synagoge, und es war ein sehr schönes Gefühl, da drin zu sein. Solche Synagogen gibt es nicht mehr, jedenfalls nicht in Deutschland. Vielleicht in Portugal.
In Stockholm gab's in einem großen Park eine Bobbahn, eine Eisbahn, in der man mit einem Höllentempo durch die Kurven runterrodeln konnte, auch auf dem Bauch. – Diese Bobbahn fällt mir auch ein. Obwohl ich mir beim Runtersausen den Arm gebrochen hab, trotzdem Heimat. Und die Schlitt-

schuhbahn, die fällt mir auch ein, auch als sehr schön, obwohl ich mich da auf meine Hand setzte, und die auch abbrach. Und die Kindervorstellungen mit meinem Bruder Bübchen in Stockholm; »Schneewittchen« sehen, von Walt Disney, heimlich im Dunkeln mit ihm zu sitzen! Überhaupt vieles, was ich mit Bübchen gemacht hab, ist dann wohl Heimat. Es geschah natürlich alles heimlich und war erschlichen, und wir wurden dafür bestraft, aber wir hatten's erst mal gehabt. Und meine Freundin Ruth, die eine richtige Akrobatin war und so toll den Überschlag konnte und Brücke stehen und Spagat und auf den Händen laufen, und wie sie mir half in praktischen Dingen und ich ihr in theoretischen – dadurch hatten wir ja dann auch eine gemeinsame Heimat.

Zu Stockholm gehören auch die Beeren, die wildwachsenden *smultron,* Walderdbeeren, der Duft davon und der Duft von Maiglöckchen und Flieder – alles Schwedendüfte – und dann auch die Schlagsahne, wunderbare, fette, süße, köstliche Sahne zu den wilden Erdbeeren und zu den wildwachsenden Himbeeren und Blaubeeren. Weil sie wild wuchsen, konnte auch ich an sie ran, standen sie auch mir zur Verfügung. Auch nicht schlecht waren später diese Kuchen mit Marzipan drüber und Sahne drunter und dazwischen eine Lage mit irgendwas und dazu noch etwas Fruchtiges. Das Marzipan war immer hübsch grün auf den schwedischen Torten.

Die kleinen Fleischbällchen, *köttbullar,* die mehligen Kartoffeln mit Dill. Und *strömmingflundra,* das sind kleine Heringe ohne Kopf. Man öffnet sie und legt sie flach und drückt Petersilie und Butter rein und drückt dann noch einen flachen Fisch drauf und brät es von beiden Seiten – wunderbar! Solche Gerichte sind dann vielleicht auch Heimat. Und das Gebäck, das jede Woche gebacken wird in jedem Haushalt, *kanelvetebullar,* das ist ein Weizengebäck mit Zucker und Butter und Zimt drin, saftig und schön und süß duftend. Es duftet schon beim Backen wie verrückt und beim Essen immer noch.

Nun ist es aber nicht so, daß ich wegen dieser Leckereien Schweden als Heimat empfinden könnte – wegen des Essens. Es gibt ja auch andere Dinge, die dort gegessen werden, da könnt ich nur kotzen, wenn ich dran denke: Blutsuppe, Blutpudding, Blutwurst, Schalentiere, Käse, Dickmilch, rohe Zwiebeln. Gott, wie eklig.
Für mich sind auch Sprachklänge Heimat. Englisch. Ich konnte schon Englisch, als ich nach London kam. Ich konnte es fließend, weil ich eine englische Gouvernante hatte, die kein Schwedisch konnte. Aber noch nie waren so viele Leute um mich herum gewesen, die alle Englisch sprachen – das hieß, richtig zu baden in einem Klang. Mir ist beides gleich lieb, das Cockney, der Londoner Slang, und das Oxford-Englisch, das auch Prinz Charles speaks. Der englische Witz ist eine ganz besondere Art von Humor, den ich sehr gern hab, dieses Trockene, Schnelle, so ganz anders als die deutsche Plumpheit. Was sich hier in Deutschland Humor nennt, ist so grob. Darin könnte ich mich nie zu Hause fühlen. Aber der schwarze Humor und der Witz aus der Situation heraus – das ist was.
Meinen Uncle Adi zu sehen ist ja wohl auch Heimat. Wenn ich ihn plötzlich irgendwo sah, so klein und mit dem schneeweißen Haar, das wild um seinen Kopf tanzte bei jedem Schritt. Ganz viel Haar, ganz leuchtend.
Das eine Mal, als Auntie, seine Frau, mich rausschmiß, für immer, und ich ging, schimpfend und fluchend und auch für immer. Aber draußen goß es. So lief ich im kalten Regen sechs, sieben Stunden ziellos rum. Als ich mich nachts zurücktrollte, stand Uncle auf der Treppe vorm Haus in Earl's Court, total durchnäßt, und wartete und belog mich. Er sagte, es sei ein großes Mißverständnis, Auntie habe sich sehr entschuldigt, sie habe es nicht so gemeint, und ich solle doch ja wieder nach Hause kommen und zu Hause bleiben. Ihr tat natürlich überhaupt nichts leid. Aber Uncle, der klein und naß in der Dunkelheit stand, der war dann auch Heimat.

Oder mit Bübchen Billard spielen, im Offizierskeller; Bübchen konnte kaum über den Tisch gucken, aber er spielte wie ein Weltmeister. Bübchen beim Fußballspielen zusehen, Bübchens dünne Beine in Kniestrümpfen – auch das war natürlich Heimat.

Das gute Essen bei Uncle und Auntie in London. Sie war ja eine begnadete Köchin. Sie war Tschechin und kochte tschechisch und wienerisch. Wenn man davon absieht, wie sehr ich sie immer gehaßt hab und sie mich, und daß ich deswegen kaum essen konnte, könnten einige dieser wunderbaren tschechischen Mahlzeiten auch Heimat sein.

Komisch, sonst fällt mir zu London nichts mehr ein, obwohl wir drei Jahre dort lebten. Vielleicht noch Kew Gardens. Da hab ich mich ab und zu hin verdrückt mit Bübchen. Wir haben uns in die Sonne gelegt, irgendwo hinter die Büsche, und haben in die Luft geträumt.

Dann wieder Stockholm. Das war jetzt schon anders, so halb erwachsen. Meine ersten Filmkritiken. Überhaupt die Kinos. Chaplins »The Kid« in jedem Land wiedersehen. Damals stand unter meinen Veröffentlichungen immer nur: Peggy. Aber ich war ja auch erst vierzehn oder fünfzehn.

Und da fing es auch mit den Inseln an; schon im Hyde Park hatte es eine kleine Insel gegeben. Ein ganz winziges Ding mitten im Hyde-Park-See. Da bin ich mit Bübchen rübergerudert. Wenn man das zählen will, hatten wir auch da schon eine Insel. Aber dann fing es mit den Stockholmer Inseln an.

Die Schären um Stockholm rum, unbezahlbar schön. Und nach und nach gab es auch Freunde mit Motorbooten und eigenen Inselchen, und alle hatten sie Sommerhäuser, und ich durfte mit. – Schon vorher hatte es für mich in Schweden eine Insel gegeben, als ich klein war. Mein Vormund besaß einen Teil der Insel Öland. Da gehörten ihm Wald und ein Teil Strand, ungerechterweise, und dadurch auch ein gutes Stück vom Meer. Da unter Wasser zu schwimmen mit offenen Au-

gen, in diesem klaren Wasser, die Beine der andern unter Wasser zu sehen und den Strand und Quallen, die hübsch waren, solange sie den Körper nicht berührten – das hatte ich alles dort schon erlebt.
Zu meinem Liebhaber in Schweden fällt mir nichts ein. Von ihm hab ich zwar meinen einzigen Sohn bekommen, und wir waren eineinhalb Jahre zusammen, aber mir fällt trotzdem nichts ein, was mit Heimat zu tun hat. Dann schon eher die Studentenwohnung, in der ich wohnen durfte mit zwölf anderen Mädchen, das war schön. Ganz unterschiedliche Mädchen, alle sehr nachdenklich und sehr lustig. Und da war ich dann schwanger, schwangerer, am schwangersten. Auf die Freunde der anderen Mädchen wirkte ich wie ein Appetitzügler. Ich lief ja rum wie eine ewige Mahnung vor dem Genuß mit Reue. Unser kleines Gemeinschaftszimmer und unser Schlangestehen vorm Telefon und das Losjuchen, wenn die jeweiligen Freunde anriefen, das war auch Zuhause.
Und davor noch, mit 14, die Haushaltsschule, wo ich lernen sollte, praktisch zu werden, wo ich fürs Leben lernen sollte und aus reinem Widerwillen und Trotz erst mal überhaupt nichts lernte. Und auch da wohnte ich mit lauter Mädchen zusammen – es war eine sonderbare Zeit.
Vielleicht war das Gekicher von so vielen eine Art Heimat, irgendwie schon.
Und das Tanzengehen, die Entdeckung, daß Tanzen mich frei und glücklich macht. Und das immer mehr Tanzen und das immer wildere Tanzen und nicht mehr aufhören wollen zu tanzen und nur noch mit den besten Tänzern tanzen. Die hab ich mir immer gleich ausgeguckt. Geguckt, wer auf dem Tanzboden sich am schönsten bewegte und am tollsten tanzte, und den hab ich mir dann geschnappt. Das hab ich in London, in Stockholm, in Paris gemacht, das hab ich überall gemacht, wo ich gerade war. Das hab ich auch auf den Inseln gemacht – getanzt wurde immer und überall. Später hab ich vor allem mit

Brasilianern getanzt. Mit einer ganzen Tanzgruppe, mit der ich auf Tournee ging. Auch als sie dann bei mir wohnten, als es keine Gruppe mehr gab, und wir während der Mahlzeiten und zwischen den Mahlzeiten ständig tanzten und den Rhythmus auf dem Fußboden und auf den Tischen klopften und an den Eierbechern, mit Messer und Gabel an Tellern und Deckeln. Wo wir die Streichholzschachteln so bewegten, daß sie den Rhythmus gaben – das war selbstverständlich ein Zuhause, eine Heimat.
Ich glaub, dieses Wort »Heimat« laß ich lieber, das ist mir so fremd – ich überlege, wann und wo ich mich zu Hause gefühlt hab.
In Barcelona zum Beispiel. Drei Tage konnte das Schiff nach Ibiza wegen eines Sturms nicht losfahren. Die drei Tage hab ich mit Zigeunern in der Altstadt von Barcelona verbracht, in den *ramblas*, in den kleinen Kellern mit illegaler Musik. Das war wohl die sonderbarste Erfahrung, daß Amateurmusikmachen ausgerechnet in Spanien verboten war, wo ich immer und überall Musik vermutet hatte. Auch unter Franco. Aber die Zigeuner ließen sich nicht bremsen, Gott sei Dank. Wie es ganz plötzlich möglich ist mitzusingen, in einer Tonart und Melodie, die's vorher nicht gab!
Meine Wohngemeinschaft in Hamburg in einem abgestellten Güterwaggon, zusammen mit Peter Rühmkorf, Klaus Rainer Röhl und Dick Busse, der Psychologie studierte und Musik machte und alle Louis-Armstrong-Hits nachsang.
Und der Blues, den ich immer geliebt hab. Die Stimmen von Bessie Smith und Billy Holiday, von Ray Charles und Satchmo, von Sinatra und von Nat King Cole – wenn ich nur an deren Stimmen denke, fällt mir so manches Zuhause ein.
Mein immerwährendes Zuhause in der Musik. Und die Musik verstärkt auftretend, mal in dem einen, mal in dem anderen Zuhause, mal in der einen, mal in der anderen Begleitung. In Hamburg das Tanzen im Pigalle und im Mad House, im

Past Ten, und im Top Ten, im Santa Fé und im Casablanca und im Star Club – fast überall Live-Musik. Das Limbo-Tanzen in Paris, Chachacha auf der Ile du Levant. Die durchtanzten Nächte mit Derval in der Galerie Zwo Vier und einige Jahre später die durchtanzten Nächte im Don Juan mit Ahmed.

Das vorübergehende Zuhausesein in Männern. Nicht gerade in irgendwelchen Männern, aber im Endeffekt doch. Die Stimmen von Ahmed, von Madaus, von Bruno – Stimmen, in die ich mich mit all meinen Gefühlen reinfallen lassen konnte und kann, wann immer ich sie hörte und höre.

Die griechische Musik und die Tanznächte auf Kreta mit dem besten Tänzer der Stadt, seine Sprünge in die Luft, die schwarzen Stiefel, das schwarze Haar, der tolldreiste Blick.

Dem Tanz verwandt ist natürlich der Gang, die Bewegung. Wenn der Gang meiner Freunde tierhaft war, geschmeidig, etwas rollend in der Hüfte, die Pobacken knapp – ein Wiedererkennen in der Sinnlichkeit, ein Wiedererkennen in der Leidenschaft, genauso wie das Wiedererkennen bei jedem Betreten einer Insel.

Die unbändige Freude, wenn Freunde für mich kochen und daran denken, daß es mir auch schmecken soll. Unbändige Freude, wenn etwas Leckeres auf den Tisch kommt. Wenn die Freunde strahlen und wir uns ohne viel Gerede verstehen. Die vielen Essen, die mein guter Freund Jürgen für mich gegeben hat, waren immer ein Nach-Hause-Kommen. Inzwischen geht's mir auch so bei Heide und Piet, bei Margrit und Harald. Doch das Allerschönste sind die Schabbes-Abendessen mit Lachen und Reden bei meiner Tante Flora und Onkel Rudi.

Mit wenigen Freunden zusammensitzen. Miteinander sprechen. Oder Spiele spielen. Ich spiel ja so gerne. – Nicht hektische Machtspiele. Aber spannende Spiele mit Leuten, die ein spannendes Spiel lieben und denen es Spaß macht, unabhängig davon, wer gewinnt. Das ist auch ein Zuhause.

Mit Bübchen hab ich nie so spielen können. Er ist auch Spieler, aber von anderer Art. Er kann nur um Geld spielen, und seine Spiele sind Vernichtungsspiele. Die spielt er am liebsten mit Leuten, die genauso gelagert sind. Diese Krankheit hat er von unserem Vater geerbt. Und wenn Heimat auch negativ besetzt sein kann, dann müßten für Bübchen, der jetzt Gady heißt, Pokertische, Roulette, Black Jack und Casinos die Heimat sein.

Meine Zeit mit Kim. Kim, mit dem ich in Stockholm war, Kim, dem ich Hamburg zeigte. Kim, mit dem ich Italien und viele Italiener kennenlernte.

Kim, für den ich Pudding kochte. Natürlich ganz spannende Puddinge. Und der mir chinesisch kochen beibrachte und mich mit Essen versorgte, wenn er von der Schule nach Hause kam und ich arbeiten mußte. Kim, mit dem zusammen ich die traumhaftesten Salate erfand. Supersalate aus Rotkohl, gemischt mit Gewürzgurkenstückchen und Mais und Ananas, Zitronensaft, Zucker und scharfen Gewürzen. Immer in riesigen Schüsseln, wie sie kein Mensch sonst zum Essen benutzt, Gefäße, die sonst benutzt werden, um Kinder drin zu baden, und wir machten Salate darin.

Unser Griesbrei!

Unser Zuhause war totales Chaos, aber es gab auch Inseln in dem Chaos, leider zuwenige – viel zuwenige. Obwohl Kim mein Kind ist, fällt mir da wenig Zuhause ein. Auch für ihn nicht. Schlimm.

Unsere Blumen waren für mich immer ganz stark ein Zuhause. Wir hatten einen Lebensbaum, an dem ich abergläubisch festhielt. Der wuchs aus einem relativ kleinen Topf, eine Schlingpflanze, und krabbelte durchs riesige Zimmer alle Wände rauf und runter. Es sah so aus, als hätten wir da zwanzig Töpfe hängen, dabei kam alles aus diesem einen Topf. Und wenn auch nur ein Blatt gelb wurde, kriegte ich Depressionen. Und wenn ich auf Reisen war – ich mußte ja so oft weg, beruflich und auch sonstwie –, dann schickte ich Telegramme nach Hause, um Kim daran zu erinnern, daß die Pflanze gewässert werden mußte. Die Pflanze war Leben und Zuhause. Für mich ganz bestimmt, für Kim vielleicht auch. Überhaupt alles, was bei uns wuchs. Da wuchs alles so leicht. Es gab in unserem großen Atelierzimmer riesige Eckfenster, die Sonne lag ständig drauf, alles wucherte. Wie durch ein Wunder hab ich fast alle Pflanzen retten können nach meinem Umzug. Nur den Lebensbaum nicht. Aber alles andere wächst jetzt in meiner kleinen dunklen Höhle, in die wirklich nie Sonne hereinkommt, die ganz verwinkelt ist und dunkelgrün. Auch da wuchert und wächst es, und wenn ich das seh, bin ich beruhigt und zu Hause. Und jeden Tag, wenn ich in unseren alten Innenhof reinkomme und die riesige Rotbuche sehe, die so schön ist, und die romantische alte Laterne, dann erst recht.

Heimat?

Die Katzen, die sich in Frankreich fast ein Jahr lang in mein Zelt schlichen. Ich hatte manchmal den Eindruck, daß alle heimatlosen Katzen der Insel zu mir kamen. Und obwohl ich Katzen überhaupt nicht mochte, weil sie Mäuse fressen, machte ich natürlich da die große Ausnahme. Wenn ich an die denk – klar!

Oder die Trauerweide vor der Burghof-Klinik in Rinteln. Immer wenn ich angefahren kam, traf sie mich tief da, wo ich Heimatgefühle vermute.

Die Handschrift meiner Freundin Erika Runge auf Briefen, auf Päckchen und Karten ist für mich auch jedesmal ein Zu-Hause-Fühlen.

Der Bolero von Ravel, den ich genau wie den Vollmond und die Sterne von Land zu Land mitnehme. Den ich überall schon gehört hab unter den völlig unterschiedlichsten Umständen. Der immer das gleiche auslöst.

Aber vielleicht fühl ich mich richtig zu Hause, wirklich richtig zu Hause nur auf Demos, auf internationalen Demos. Be-

sonders, wenn aus vielen Kehlen das »Democratia« schallt. Democratia – als wär das die Rettung, als wär's die Erlösung. Und »Hoch die internationale Solidarität!«.
In Hamburg, in München, auf Kreta, in Tel Aviv. – In Tel Aviv fünfhunderttausend Leute auf der Straße in einem Protestmarsch gegen die Regierung, gegen den Einmarsch in den Libanon. Da fühlte ich mich sehr zu Hause. Inmitten von Menschen aller Farben, aller Formen, aller Größen, aller Rassen, aller Klassen.

Mein Hamburg

Hamburg? Das ist schon ne Menge für mich. Ich bin zwar Schwedin, aber auf St. Pauli geboren. Der Arzt, der mir raushalf, hieß Storch.
Hamburg? Das sind Erinnerungen an meine Eltern. Erinnerungen an Schönes und Schreckliches. Verlorene Familie. Tante Bertie ist noch da, weil sie mit einem anständigen Deutschen verheiratet war. Zweimal in Eimsbüttel ausgebombt, aber das wiegt nicht so schwer, gemessen an ihren Ängsten als Jüdin. Meine Tante Flora und Onkel Rudi, die als Sozialisten, Widerstandskämpfer und Juden länger im Knast waren als die meisten, aber dann Auschwitz wie durch ein Wunder überlebten, sind wieder hier. Ungebrochen kämpfen sie weiter. Onkel Rudi, 80 und ewig jung, treff ich auf fast jeder Demo. Die drei wohnen in der Karolinenstraße, geliebt und geachtet von den linken Wohngemeinschaften dort.
Hamburg – das sind auch Polizeieinsätze. Vor allem bei Demos. Die kriegt auch Onkel Rudi immer wieder mit. Wenn wir Jüngeren das schon nicht gut aushalten, was geht dann wohl in ihm vor.
Hamburg? Das ist und war auch schon immer für mich der Hafen. Da hätte ich am liebsten gewohnt, mit Blick auf Schiffe und Wasser. Obwohl der Hafen auch nicht mehr ist, was er war. Immer braver, immer eintöniger, immer weniger bunte Schiffe. Es ist trotzdem reiner Zufall, daß ich nicht in der Hafenstraße wohne. Eigentlich nur, weil Freunde mich nach St. Georg lockten. Die Filmemacherin Didi Benoit und der Politkartoonist Heiner Hoier. Denen hab ich mein neues Wohnen zu verdanken. Jetzt verbindet mich ein intensives Liebesverhältnis mit St. Georg. Sicher, das Wasser fehlt mir. Aber das, was ich statt dessen hab, ist auch nicht gerade zum Meckern.

In Großstädten hab ich immer gelebt, Stockholm, London, Paris. Aber mich zieht nichts mehr weg aus Hamburg. Hamburg? Das ist jetzt für mich die Puppe in der Puppe in der Puppe. Also St. Georg. In St. Georg mein verträumter Innenhof. Und im Innenhof meine kuschelige Wohnung. Eppendorf, Pöseldorf, Altona, Blankenese – von den Vororten ganz zu schweigen – sind für mich Ausland. Ausland, das ich ab und zu besuche, ganz hübsch finde und wieder verlasse.

St. Georg ist für mich allerdings auch nicht das ganze St. Georg, sondern vor allem die Lange Reihe und einige Nebenstraßen. Eine Welt für sich, in der ganz intensiv alles zu finden ist. Ausländer, Rentner, Autostrich, Arbeiter, Studenten, Künstler und eine Reihe Bürgerinitiativen. Vier Bäcker mit leckerstem Brot, Schlachter, Milchmann, zwei Apotheken, Fischgeschäft und Hühnerladen, der duftende Kräuterladen und die wunderschöne Buchhandlung Wohlers. Auch viele Blumengeschäfte, Klamottenläden, wunderbare Obst-Gemüseläden und jede Menge Kneipen.

Marco, der Israeli, hat aus unerfindlichen Gründen ein italienisch-französisches Restaurant, obwohl alle um seine einheimischen Spezialitäten betteln. Orange pressé gibt es leider nur in der Koppelklause in der Greifswalder Straße, in der Muttern gut deutsch kocht und die fröhliche Tochter serviert. Ach nein, auch im Al Campanile. Das altmodische Café Gnosa, schon beliebt, als zwei alte Damen es führten, ist jetzt noch beliebter. Als Schwulencafé, in das auch wir Frauen mit großem Vergnügen essen gehen. Dann der Portugiese mit seinem einzigen Tisch auf der Straße, fröhlich rot und fast auf der Fahrbahn. Ein Café Uhrlaub haben wir. Und das Orion. Auch Max & Consorten, die alternative Freßkneipe am Spadenteich, mit dem Schild an der Tür: Tisch 8 für den Papst freihalten! Und das Villon, der Kabarett Weinkeller der Monika Rahn. Am Eingang zu unserem Hof Helles Kneipe, vor der sich mancher Säufer eine gesunde Bräune holt. Und an der Ecke »Frau

Möller«. Es gibt hier natürlich auch jede Menge Stricherkneipen und Steigen. Und für Huren, die sich emanzipieren wollen, das Café Sperrgebiet. Dort wird der Aufstand und Ausstieg geprobt. Die Huren werden immer jünger. Die meisten sind süchtig, einige haben Aids. Unverkennbar in ihren Hosen, drei Zentimeter enger als die Haut. Und wenn's warm wird, in Höschen, die die hübschen Pobacken freilassen. In den Sonnenstudios der Langen Reihe gebräunt. Wippend und trippelnd, den Autos aus der Provinz entgegen. Die netteste und selbstbewußteste von allen ist aber eine immer fröhliche, hochblonde, erwachsene Frau, die ihr Zimmer in Rot im ersten Stock Ecke Lange Reihe/Schmilinskystraße hat. Dort guckt sie lachend aus dem Fenster und kann sicher sein, daß bei Rot an der Kreuzung kein Fußgänger sie übersieht.

Das beliebteste Lokal in der Langen Reihe ist das Dorf, das ich vor neun Jahren mit eingeweiht hab. Jetzt gehört es Herbie, dem Jazz-Liebhaber, der immer sagt: Für Peggy zahlt keiner – sie ist *mein* Gast. Das Dorf hat er von Reinhard übernommen, der ursprünglich das Geelhaus hatte. Das Geelhaus, das immer noch ne schöne linke Kneipe, in der Koppel 78, ist.

Der märchenhafte Erfolg hat eine Geschichte: Hanna Seiffert vom Thalia-Theater und ich – durchgefroren, blaunasig, abgerissen –, nachmittags auf dem Weg zur Alster, guckten durch das Geelhaus-Fenster auf die schöngerundeten Tische. Das war gerade, als ich nach St. Georg ziehen wollte. Ich hatte keinen, und so einen ohne Kanten suchte ich. Zum bestellten Kakao kriegten wir noch Kekse und wärmenden Schnaps.

Als wir zahlen wollten, hieß es: »Nein, danke. Ihr seid meine allerersten Gäste, ich hab heute gerade meine Lizenz gekriegt. Es ist mir eine große Freude.« Eine große Freude war es auch für uns. Also kamen wir abends unangekündigt wieder, Hanna mit ihren Kolleginnen und Kollegen vom Thalia, ihr Mann Dieter Prochnow mit dem halben Schauspielhaus und ich mit noch mehr Freunden. Von Stund an war Reinhard ein gemachter Mann. Das Geelhaus wurde unser zweites Zuhause. Ich war jeden Tag da. Auch wenn ich nachts bis eins gearbeitet habe, bin ich noch mal rübergegangen. Einmal in der Woche hieß es: Heute kocht der Gast. Als ich dran war, kochte ich Chili con carne. Es war ein reines Künstlerlokal, bis es sich rumsprach. Immer mehr drängten Fotomodelle rein und andere Hübsche, die entdeckt werden wollten. Es war nun nicht mehr nur voll, sondern ständig überfüllt. Darum, und damit wir uns wieder ungestört unterhalten konnten, kaufte Reinhard das Dorf. Durch Schaden klug, sollte jetzt vorgebaut werden. Abgedunkelte Fenster, durch die kein Lichtstrahl rausdringt, keine Hausnummer, kein Name dran. Na ja, jetzt drängelt sich da wieder alles rein, die düstere Kellertreppe runter! Obwohl der kleine Zockerraum mit dem niedrigen Spieltisch und der Ziehlampe wie aus Gangsterfilmen, in dem wir jede Nacht Skat spielten, inzwischen zugemauert ist.

Gleich neben dem Dorf ist der Verlag der Hamburger Rundschau. Und über dem Dorf praktizieren prima Ärzte, die das große Hakenkreuz an der Hauswand von sich aus übermalten. Gegenüber, in einem alten Fachwerkhaus, ist der Ausländertreff, in dem auch der Einwohnerverein St. Georg immer tagt. Und daneben, im allerkleinsten, ältesten Haus der Straße die alternative Pension der transsexuellen Sarah Petersen. Das totale Kontrastprogramm zum berühmten Hotel Atlantic, nur einen Steinwurf entfernt, an der Alster. In beiden steigen gerne Künstler ab.

Wir sind schon gut bedient. Das herrliche Schauspielhaus am Ende der Straße. Fast alle, die da arbeiten, wohnen auch hier. Und das kleine Kino Cinema mit den bequemen Sitzen und Spitzenfilmen gleich um die Ecke am Steindamm.

Hier war alles mal anders. Pferdeställe. Straßenbahnen. In der ehemaligen Eriksen-Fabrik wird jetzt Kunst hergestellt, gezeigt und verkauft. Schmuck, Bücher, Bilder. Ganz unten die Galerie Rose. Der scheue Dirk Rose und meine schöne Freun-

din Heide Poppe veranstalten neben ihren Vernissagen auch traumhafte Konzertabende, die ab und zu auch vom Schauspielhaus übernommen werden. Im Keller haben Thomas Dawideit und Rüdiger Ehlers ihre Offset- und Photodruckerei. Da ist die Schwimmoper, die nichts mit Musik zu tun hat, deren Bau aber ein paar Jahre zu lange gedauert und ein paar Millionen Mark zuviel gekostet hat. In ihr dreht Jürgi seine Runden. Wir haben auch das Altersheim mit mehreren Über-Hundert-Jährigen. Da kommt Freude auf. Und wenn die Kinderläden mit sechs Gören pro Karre vorbeifahren, auch.
In unseren Hof geht's an Politständen und dem Süßen Kaufhaus vorbei, an viel Grün und alten Laternen. Durch den schmalen Gang dahin, wo wir alle vor Glück aufseufzen. Unser Zuhause! Die riesige Rotbuche, umzingelt von unseren fünf Häusern, ein Hof voll Singles! Früher wohnten große Familien, immer drei Generationen, in den kleinen Wohnungen. Ohne Bad, ohne Heizung, ohne alles. Von denen sind nur noch vereinzelte Rentner übrig, die mich mit ihrer Herzlichkeit überschütten. Erna Helms, meine vierundachtzigjährige Malefiz-Partnerin, die oft für mich mit kocht, Herr Hanelt, Frau Kröppelin, Frau Habersaat. Die erzählen spannend aus ihrem langen Leben im Hof.
Wir, Schauspieler, Regisseure, Restaurateure, Maler, Goldschmiede, Fotografen, Filmemacher, Journalisten und Schriftsteller, haben für relativen Luxus gesorgt. Meine Wohnung ist wie eine Höhle im Wald. Versteck und Falle zugleich. Rundum dunkeloliv - Decke, Wände, Boden, Bettzeug, Matratze. Die Wände durchbrochen, Küche und Bad nur Holz. Zwei kleine Balkons, auf denen ganz viel wuchert. Der eine Balkon fast im Baum, der Küchenbalkon mit Blick in die beiden Puffs. Die Lange Reihe ist schmuddelig, voll Hundekacke und satanisch laut. Und die, die nach hinten wohnen, werden von den Kirchenglocken wachgeprügelt. Wir sind glücklich hier, aber fühlen uns bedroht. Bedroht durch Drogenhandel und Be-

schaffungskriminalität. Erst recht durch verseuchte Spritzen auf dem Kinderspielplatz und Dealern vor den Schulen. Auch bedroht durch Spekulantentum. Wenn es so weitergeht, wird Pöseldorf die lackierte Kralle nach uns ausstrecken, wird alles aufgemotzt, chic und in. Dagegen und gegen Abrisse machen wir uns stark. Noch ist es so, daß Herzlichkeit herrscht, sogar die Nazis grüßen freundlich. Aber es ist schon einiges kaputtgegangen. Burow mit den vielen bunten Papageien in seinem klitzekleinen Zeitungsladen mußte weg. Der Drogist gab auf. Den immer gut besuchten Waschsalon uns gegenüber räumte man aus, um mit alten Münzen und Silber zu locken. Und, noch schlimmer, die beiden Lebensmittelläden sind futsch.

Aber noch ist uns ne Menge geblieben. Das Beerdigungsunternehmen St. Anschar, das mit Hans Albers wirbt, weil der von ihm beerdigt wurde. Und mit dem König Frederik von Dänemark, der im Puff gestorben sein soll und von St. Anschar in seine Heimat überführt wurde. Was noch? Der Blumenstand in der Litfaßsäule. Die bunten An- und Verkaufsantikläden. Der Zeitungsladen mit der nettesten Frau der Welt in der Danziger Straße. Das Süße Kaufhaus mit köstlich durchtränktem Marzipan, gleich neben unserem Hof, und das Süße Ideen mit seinen Bonbons und Zauberverpackungen. Frau Hamaidia mit ihrem Gemisch aus Kopierladen und Reisebüro. Und als weitere Variante Fotokopieren an der Korbmöbelecke. Der alte Kellerladen mit Musikinstrumenten und der kleine Schallplattenladen andante. Himalaya an der Ecke mit den göttlichen Fummeln, Willys Friseursalon mit dem japanischen Garten und der scharfen Musik in der Greifswalder Straße. Die argentinische Änderungsschneiderei in einem kleinen Keller in der Schmilinskystraße. Das Familienunternehmen »Massage und Fußpflege«. Und in noch mehr Kellern Schuster, Heißmangel, Lebensmittel. Überall trifft man beim Einkaufen Freunde.

Wenn ich sage, ich lebe gern in Hamburg, meine ich in Wirklichkeit: Ich liebe das Leben mit meinen Freunden in St Georg.

St. Pauli

Ich bin auf St. Pauli geboren. Damals staatenlos, jetzt Schwedin, Vater Pole, Mutter etwas Portugiesin. In Stockholm und London aufgewachsen. Als ich, beinahe erwachsen, wieder nach Hamburg kam, zogen Hafen und St. Pauli mich magisch an. Ich hab mir erst mal 14 Tage und Nächte alle Lokale angeguckt. Und da ich keinen Tropfen trank, eine Menge mitgekriegt: Heiligabend im Silbersack, Tanzen im Past Ten, Essen bei den Chinesen in der Lincoln- und Davidstraße; Cuneo erst als später Luxus. Hat auch wohl mit St. Pauli wenig zu tun.

Als Dolmetscherin für die Kripo kam ich in Kontakt mit optimaler Bürgerlichkeit: Ich war dabei, als in der Herbertstraße aufgrund eines Beischlafdiebstahls die »Rentnerecke« gefilzt wurde. Die beiden Frauen, die gleichzeitig den Freier, einen jungen, gutaussehenden Schweden, bedient hatten, hatten gerade keine Schicht. Sie standen in ländlichen, weißen Nachthemden und Netz über den Lockenwicklern uns pausbäckig gegenüber. Häkeldeckchen überall, Peter Kraus und Elvis in Bonbonfarben an der Wand, Knick in den Kissen. Als ihre Schubladen aufgerissen wurden, schlug die anwesende Puffmutter entsetzt die Hände überm Kopf zusammen: »Nein, o nein, was sollen die Herren von euch denken. Was soll bloß aus euch werden? Wie oft hab ich euch gesagt, ihr sollt Ordnung halten.«

Der hübsche Junge flucht: »So eine Scheiße. Dabei bin ich nur auf dem Weg zu meiner Braut in Braunschweig. Jetzt sitzt die und wartet. Willst du mal ein Foto sehen?« Er zeigt mir einen Traum von einem Mädchen.

»Die ist ja atemberaubend. Wieso legst du auf dem Weg zu ihr eine Pause ein? Was reizt dich an Huren, wenn du so eine

Sehnsucht nach deiner Braut hast? Oder darfst du mit der nicht schlafen?«
»Doch«, schwärmt er, »die ist Spitze im Bett. Wir lieben uns. Nach ihr hab ich immer Sehnsucht.«
»Warum dann? Was findest du im Puff so toll?«
»Daß ich dort zahlen muß.«
Jahrelang dolmetschte ich und gab Unterricht, weil ich ja außer Sprachen nichts konnte. Zum Einzelunterricht kam auch Frau Marion, eine besonders gepflegte, elegante und aparte Dame, die einen finnischen Unternehmer heiraten wollte. Wir freundeten uns soweit an, daß sie es wagen konnte, zu sagen: »Ich will dich ja nicht verletzen, aber hast du es nötig, so rumzulaufen? Eine Frau von deiner Intelligenz, so ungekämmt und schlampig und mit rutschendem Träger. Du siehst ja aus wie eine Nutte.«
Dann brachte sie immer Schürzchen und Lappen mit, um nach dem Unterricht bei mir in der Wohnung zu wischen und zu waschen. Wunderbar. Als ich schweren Liebeskummer hab, fragte sie:
»Zahlt er die Wohnung?«
»Nein.«
»Hast du Schmuck von ihm?«
»Nein.«
»Hat er dir wenigstens ein Bankkonto eingerichtet?«
Ich schluchze: »Nein, wieso?«
Sie zieht die feinen Augenbrauen tadelnd hoch: »Kein Wunder, daß er dich verlassen hat. Was soll er auch von dir halten, wenn du dich so wegwirfst.«
Frau Marion spricht oft und gern von ihrer neunzehnjährigen Tochter und deren Baby, zeigt Fotos: hübsch wie die Mutter, nur naiv. Manchmal klagt sie über den fehlenden Ehrgeiz der Tochter, in die sie doch so viel investiert habe.
Eines Tages komm ich ihrer ständigen Einladung nach, sie und ihre Familie zu besuchen. Wieder totale Bürgerlichkeit, dies-

mal der Mittelschicht: die Böden so gebohnert, daß ich an den sauber gedeckten Tisch rutsche. Die Freude an dem guten Essen wird durch Frau Marions Gezeter getrübt: »Kind, ohne Fleiß gibt es nichts im Leben. Wenn du dich nicht bald zusammennimmst, weiß ich auch nicht mehr, was ich mit dir machen soll. Meine Geduld hat ein Ende. Du kannst doch nicht nur an dein Vergnügen denken.«

Ich höre heraus, daß die Tochter arbeitsscheu ist und nicht pflichtbewußt genug. Doch hat sie weder im Büro noch hinterm Ladentisch geschwänzt, wie ich erst dachte, sondern: »Stell dir vor, Peggy, sie hat sich schon wieder gratis mit einem Neger abgegeben. Ich muß allein für alles aufkommen.«

Apropos, die geplagte Mutter entpuppte sich als eine der Starfrauen im Café Lausen.

Zuhälterprozeß. Ich bin als Reporterin da. In der Pause spricht Uwe mich an. Erzählt, daß er jetzt Wirtschafter ist und eine Frau im Laden hat, »alles vom Feinsten«.

»Bist du nicht eifersüchtig auf die Freier?«

»Was, ich eifersüchtig? Worauf denn? Meine Alte is doch nich so 'ne Sau, daß sie für 'n labbrigen Hunderter mit 'nem Kerl raus und essen geht.«

Uwe macht die Krumme. Viele Juristen auch. Die haben Zugang zu den einschlägigen Kreisen – erst über Mandanten, deren Aufträge zwangsläufig nie abreißen, dann oft als Puffinhaber, durch Strohmänner getarnt. Viele andere Juristen sind Puffgänger. Eine Art Perpetuum mobile der Justiz; die einen ficken, die anderen sahnen ab.

Neulich hatte ich eine Depression. Ich ging vom Cuneo aus in die Herbertstraße, um die Frauen zu fragen, wohin ich mal tanzen gehen kann. Die Live-Bands von früher fehlen ja überall. Casablanca, wo jeder mit mitgebrachtem Instrument einstieg, existiert nicht mehr. Und Santa Fe mit den Afro-Kubanern und den geilen Klängen auch nicht.

Vor Domenicas Schaufenster steht eine Schlange. Ich drängle

mich durch und klopfe an. Freudenschreie, Tür auf, rein in die Küche. Schnickschnack bei Kaffee und Kuchen. Andere Frauen kommen dazu. Die Freier stehen sich die Beine in den Bauch. Irgendwann, nachdem man mir auch stolz die schönen Zimmer gezeigt hat, hab ich genug. Tanzen gehen will ich.
»Ich komme mit«, sagt Domenica, ohne eine Sekunde zu überlegen. »Ich hab sowieso eine Woche frei.«
»Ja, was machst du denn in deinen Ferien hier?«
»Was soll ich zu Hause? Da langweile ich mich doch nur.«
Wir bleiben drei Tage und Nächte zusammen. Erst in der Ritze, dann im Fick, dann bei Eier-Cohrs auf dem Fischmarkt. Dann ab morgens um elf 24 Stunden bei Wolli, dem Zuhälter.
»Was meinst du, wie der sich freut, wenn er dich sieht. Der hat dein Buch gelesen«, sagt Domenica. Ich freue mich auch, denn Wolli gibt mir einen Haufen seiner Manuskripte zu lesen. Der ist mit seiner Begabung wie eine Blume auf dem Misthaufen. Seine Geschichte vom bis zuletzt verwerteten Mann möchte ich jedem zu lesen gönnen. Als ich ihm sage, daß Veröffentlichungen nicht gerade viel Geld bringen, muß ich selber lachen. Denn reichlich Geld bringt ihm ja seine Frau.
Mit Erika Runge zusammen interviewe ich ein paar Tage Prostituierte im Sperrgebiet St. Georg. Das waren noch nicht die niedlichen Schulkinder von heute. Doch auch die erzählen von einem Tagesschnitt von 700 Mark. Und das ohne Luden.
»Waas? Wozu? Wenn ihr wüßtet, womit wir auskommen müssen!«
»Wir brauchen ja mehr als ihr.«
»Aber ihr habt doch auch nichts. Nicht mal gute Klamotten. Was macht ihr mit der ganzen Kohle?«
»Nach Feierabend gehen wir auf den Kiez. Da schmeißen wir Runden. Da sehen die wenigstens, wie gut das hier läuft.«

P.S. Wenn ich jetzt nach St. Pauli gehe, dann zu Schmidts und dem Sahne-Chinesen in der Lincolnstraße.

Pudl

Ich soll über meinen Vater schreiben, obwohl ich ihn fast vergessen habe. Ja, über meine Mutter könnte ich stundenlang, seitauf seitab erzählen. Stundenlang? Tagelang. Aber mein Vater? Ja Mutti! So klein, mit ihrem schwarzen Wuschelkopf, den riesigen grauen Augen, der großen Nase und dem großen Mund mit den sinnlichen Lippen. Die runden Brüste. Und die schönsten Hände der Welt. Ihre schöne weiche Stimme und ihr unbändiges Lachen.

Ganz vergessen hab ich auch ihn natürlich nicht. Simon hieß er. Pudl wird er genannt. Er war Pole. In Tarnopol geboren. Er hatte elf Geschwister, von denen einige, die in Wien geboren waren, Österreicher wurden. Pudls Eltern hab ich nie gesehen. Aber von seinem Vater, Meir Parnass, hab ich ein wunderschönes Porträtfoto. So schön, daß ich es auch für meinen Bruder Gady und meinen Sohn Kim hab abziehen lassen. Die ihn natürlich auch nicht kannten. Aber angeben können wir jetzt alle drei mit ihm, hübsch holzgerahmt, gut sichtbar, an unseren Wänden. Dichte schneeweiße Locken, schneeweißer Vollbart, schöne dunkle Augen, hohe Wangenknochen. Ein wunderbares schmales Gesicht. Die sinnliche Unterlippe ist trotz Bart ein bißchen zu sehen. Und das sehr edle Jackett, das weiße Hemd mit hohem Kragen und die dunkle Fliege unterstreichen seine Eleganz. Gady und Kim sind ihm beide sehr ähnlich.

Ach ja, über meinen Vater sollte ich schreiben, nicht über meinen Großvater. Also, Pudl sah auch aus wie sein Vater. Nur seine vielen Locken und der Schnurrbart waren schwarz. Und Pudls Augen, auch so groß und dunkel, waren nicht so tief melancholisch, sondern lachten immer. Die gleiche hohe Stirn bei beiden. Angeboren, nicht durch Haarausfall. Die feine Na-

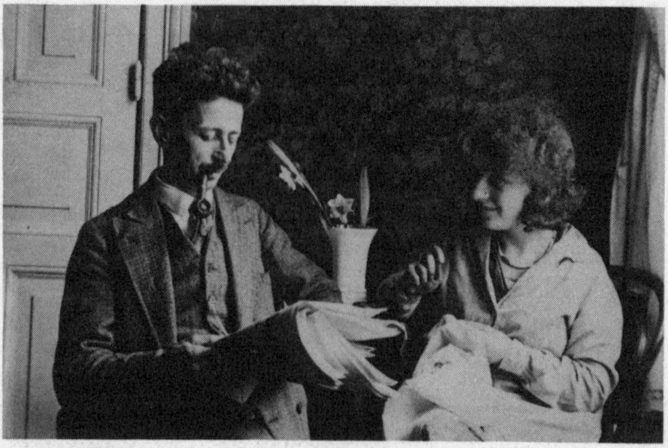

Pudl und Mutti

se, der sinnliche Mund. Obwohl immer ohne Geld, auch er unendlich elegant. Feingliedrig, tänzerisch, mit wunderschönen, schmalen Händen. Gady hat genau solche.

Chaplin ist mein Lieblingsschauspieler, unter anderem, weil er mich an Pudl erinnert.

Pudl hatte schon reichlich drauflosgelebt, als er Mutti verführte. Er war 47, sie war 18, Tochter seines Freundes Ivan. Es gab da noch mehr verzwickte Familienbande. Jeder war irgendwie mit jedem verwandt und durch Einheiraten hin und her, mit Cousinen kreuz und quer, doppelt verwandt.

Pudl lebte zehn Jahre mit einer sehr viel älteren Frau zusammen. Als sie starb, blieb ihr Sohn, mit dem Pudl sehr befreundet war, bei ihm. Der wiederum, Herli hieß er, war – Gott weiß, wie das wieder kommt – nun gleichzeitig Onkel und Stiefsohn von Mutti. Er war nur ein paar Jahre älter als sie. Diese undurchschaubaren Irrungen und Wirrungen. »Wer ist mit wem und, wenn ja, warum und in welcher Weise verwandt?« ist bei Familienfesten seit Generationen ein heißes, unerschöpfliches Thema. Na ja, wenigstens bei Pudl und Mutti war es keine Inzucht.

Pudl war das schwarze Schaf seiner Familie.
Pudl war Spieler – Pokerspieler. Er hatte sicher auch noch einen anderen Beruf, aber das hab ich lange nicht gewußt. Daß er jobbte, schon. Er war eigentlich Auktionator. Im Grunde egal, denn er verspielte ja sowieso alles. Er wurde als Spieler zum unerwünschten Ausländer erklärt. Später, als das wichtig wurde, als Jude erst recht.
Als Pudl nicht mehr legal arbeiten konnte, ließ er sich trickreich ne Menge einfallen. Als Sozialist kannte er viele Arbeiter und tat sich mit einigen aus unterschiedlichen Branchen zusammen. Pudl, selbstbewußt und überzeugend, behauptete immer, der Meister zu sein. Tischler-, Glaser-, Maler-, Elektro- und Klempnermeister. Er besorgte die Schwarzarbeit und schickte dann die, die sie wirklich ausführen konnten, als seine Gesellen und Lehrlinge vor. So hatten alle was davon. Wir natürlich nicht soviel, denn auch was da reinkam, hat Pudl verspielt.
Gady ist auch Spieler, vor allem Pokerspieler. Und auch ich zocke für mein Leben gern. Aber durch Vaters und Bruders Schaden klug, nur um Geld, wenn andere drauf bestehen. Mir ist die Spannung des Spiels Kitzel genug.
Vieles weiß ich nur vom Hörensagen. Zum Beispiel, daß Pudl – als ich, sein erstes Kind, geboren wurde – vor Begeisterung völlig ausrastete. Obwohl ich nur ne Tochter war. Er jubelte und sang laut vorm jüdischen Krankenhaus und dann die ganzen Straßen entlang bis zu unseren Verwandten. Er liebte mich über die Maßen, verwöhnte mich sehr, obwohl ich eigentlich eine herbe Enttäuschung für ihn sein mußte. Statt zu essen, kotzte ich immer, war altklug, besserwisserisch und unerträglich. Nur eine kurze Zeit sah ich hübsch aus, dann – schwupp, kriegte ich eine große Brille auf die Nase, weil ich plötzlich schielte. Haben die dadurch weggekriegt. Doch in der Zeit, in der ich aussah wie ein kleiner Professor, spannte Pudl mich für seine Scherze ein. Er brachte mir vom Schrift-

bild her bei, was auf allen großen und kleinen Dosen in der Küche stand. Wann immer das Haus dann voll Besuch war, konnte ich zum Erstaunen aller, obwohl ich erst drei oder vier war, lesen. Komplizin sein fand ich toll. Erst recht bei Zaubereien, wenn viele Kinder da waren. Denn Pudl konnte zaubern, vorausgesetzt, ich half ihm mogeln. Zum Beispiel die Tomate, die von einem Ende des Zimmers zum anderen wanderte. Wenn alle Ah und Oh schrien, bin ich vor Stolz fast geplatzt.

Pudl, der Charmante, Witzige, Sprudelnde, Einfallsreiche, Jungenhafte, brachte uns immer zum Lachen – Pudl, der Spieler, brachte uns immer zum Weinen. Wir lebten wie auf einer Wippe.

Wir waren arm, sehr arm. Mutti trug nachts Zeitungen aus, arbeitete als Köchin in jüdischen Ferienlagern und als Putzfrau bei reicheren Damen. Beide nahmen mich manchmal mit, wenn sie arbeiten gingen, dadurch kam ich recht viel rum. Mit Pudl durfte ich nach Altona. Da machte er sich einen Spaß draus zu sagen: »So, stell dich mal hier hin. Beine auseinander. Jetzt ist dein einer Fuß in Altona und der andere in Hamburg.«

Wir hatten eine kleine, feuchte Wohnung im Parterre. An den Wänden lief es naß runter, daran änderte auch die Ofenheizung nichts. Es war trotzdem sehr gemütlich.

Mutti und Pudl gaben sich Mühe, es uns so schön wie möglich zu machen. Wir hatten zwei kleine Gärten. Einen ganz winzigen vorm Haus. Dort pflanzte Mutti die schönsten Blumen der ganzen Straße. Sie schrubbte auch jeden Tag die beiden Fenstersimse, die dadurch heller waren als die aller anderen. All das sah man, und die blütenweißen, duftigen Vorhänge dahinter, wenn man vorbeikam. Der Garten hinterm Haus war etwas größer. Da wuchsen noch mehr Blumen, die Mutti hegte und pflegte. Unser Garten war mein Paradies. Da, zwischen den Blumen, feierten wir auch immer ganz groß Muttis Ge-

burtstag, am 29. Juni. Pudl hatte am 5. Dezember und Gady und ich am 11. und 12. Oktober Geburtstag. Da wurde sicher drinnen gefeiert, aber ich weiß nicht mehr wie.
Pudl hatte mit Hilfe von Freunden in unserem Garten einen Geräteschuppen gebaut. Und eine Schaukel. Und von der Küchentür zur Schaukel und durch den ganzen Garten hindurch einen schmalen Zementweg gezogen. Pudl schaukelte genauso gern wie Gady und ich, nur viel wilder und höher. Eines Tages flog er von der Schaukel rückwärts runter auf den Hinterkopf und blieb wie tot liegen. Mutti warf sich laut weinend über ihn. Als er wieder zu sich kam, sagte er: »Sagt keinem, wie's passiert ist. Sagt, ich bin vom Geräteschuppen gefallen. Ich bin doch ein Mann.«
Mutti hatte auch ne Nähmaschine, aber konnte nicht nähen. Ab und zu kam eine Frau, die unsere Bettwäsche, Tischtücher, Kleidung und Unterwäsche ausbesserte. Das fand ich sehr schön, daß jemand anders auch Mutti mal Arbeit abnahm.
Ich kam mir nie arm vor, aber ich bekam ja auch alles. Pudl versprach mir immer ein Klavier und ein Pony, »sobald ich gewonnen hab«. Daraus wurde natürlich nichts. Ich fand es trotzdem schön, daß er es mir schenken wollte. Obwohl – wo hätten wir das Pony und das Klavier in der kleinen Wohnung untergebracht?
Wann immer Dom war, gingen wir hin. Auch in eine Geisterbahn ohne Bahn. Da mußte man zu Fuß durchgehen, und wann immer man auf einen Knopf trat oder irgendwo rankam, kamen Geister und Totenköpfe hoch und machten grauenvolle Geräusche. Klapprige Arme griffen nach mir. Sobald die weg waren, war es wieder zappenduster. Dann plötzlich 'ne Hand im Genick. Die gehörte dem Angestellten der Geisterbahn. Die gehörte zum Programm. Das war sogar mir zu gruselig. Ich gehe auch jetzt noch immer auf den Dom und laß mich Hals über Kopf durch die Lüfte schleudern. Nur mit dem schlichten Kettenkarussell fahr ich nie, weil Mutti mal

sagte: »Das ist gefährlich. Da ist neulich jemand rausgefallen und hat sich das Genick gebrochen.«
Pudl rauchte Pfeife. Mit seinen 80 Zigaretten pro Tag hörte er schlagartig auf, weil sein Arzt ihm einen frühen Tod prophezeite. Denn Pudl hatte eine Lungenquetschung. Als er lange im Sanatorium war, haben wir ihn besucht. Eine ganz andere Welt mit Spaziergängen im Wald und viel Spaß. Dort haben sich Mutti und Pudl auch dauernd geküßt.
Pudl erzählte von seinem Freund, dem Eichhörnchen Hans: »Mit dem geh ich jeden Tag spazieren. Der ißt mir aus der Hand und vom Mund.« Ich war skeptisch, wie immer. Doch Pudl konnte brillieren. Er rief, und das kleine weiche knuddelige Hänschen kam. Ich durfte es auch streicheln. Darum waren Eichhörnchen lange meine Lieblingstiere.
Pudl hatte einen Anhängerwagen für sein Fahrrad gebaut. Eine Art Holzkiste auf Rädern. Darin fuhr er mich in der Stadt rum. Auch den Stadtpark entlang. Wieder große Bäume, die mir Herzklopfen vor Freude machten. Große Bäume gab es auch auf dem Weg zur Synagoge. Kastanienbäume. Als ich Kastanien sammeln wollte, sagte Pudl: »Wirf die weg. Heute ist Schabbes. Da darf man nichts tragen.« Das fand ich damals schon blödsinnig.
In unserer Gegend wußten Kinder früh, wo's langgeht. Übers Kinderkriegen und -machen hatte mir Mutti alles erzählt, als ich vier war, bei ihr im Bett lag und fragte. »Mann und Frau, das ist wie ein Puzzle, das paßt. Das ist Liebe.« – Die Kinder auf der Straße drückten das etwas gröber aus, machten Ruckzuckbewegungen, johlten »ficken, ficken«, während sie Gady im Kinderwagen schoben und wollten sich vor Lachen bepinkeln.
Als ich mal Präservative in Pudls Nachttischschublade fand, wußte ich, was das war. Und wozu es dient. Weil ich immer beweisen wollte, daß die Erwachsenen lügen, ging ich mit dem Päckchen zu Pudl, hielt ihm einen Präser hin und fragte

scheinheilig: »Was ist das?« Pudl dachte schnell nach und sagte dann: »Darin mißt man Medizin.« Gott, hab ich ihn verachtet.

Ich fing mehr und mehr an, ihn durch Muttis Augen zu sehen. Wenn er sie glücklich machte, liebte ich ihn. Sie war wild auf ihn. Wenn er weg gewesen war, einen Tag oder auch nur eine Stunde, lief sie ihm entgegen, sprang mit einem Juchzer auf ihn rauf, umschlang ihn mit Armen und Beinen. Und dann küßten und küßten sie sich minutenlang. Das fand ich wunderbar.

Wenn sie um ihn litt, haßte ich ihn. Und als ihre Brust so furchtbar entzündet war, daß sie vor Schmerzen schrie, gab ich ihm die Schuld. Wenn er tagelang nicht nach Hause kam, weil er an irgendeinem Spieltisch hängengeblieben war, Mutti ihn überall suchte und nicht fand, war ich außer mir. Einmal, nach drei Tagen, hatte Mutti einen Nervenzusammenbruch. Sie warf sich laut weinend auf die Couch, trommelte mit Händen und Füßen dagegen. Wir hatten ja kein Telefon, aber an der Kreuzung stand ein Telefonhäuschen. Als Mutti ihn von da aus endlich mal irgendwo zu fassen kriegte, auch mir den Hörer runterreichte, damit ich ihn nach Hause locke, sagte ich nur: »Pudl, du bist ein Schwein.« Das tat mir später leid, weil es nicht das war, was Mutti sich wünschte. Und weil nicht mehr viel Zeit blieb, ihm Schönes zu sagen.

Pudl hat mich jeden Tag, an dem er da war, gesegnet. Mit den Händen auf meinem Kopf. Benschen nennt man das. Er wünschte mir immer das gleiche: daß ich als jüdisches Mädchen sauber bin, brav, ehrlich und klüger und besser als alle anderen.

Ein Mann im Bekanntenkreis meiner Eltern, kinderlos, war ein sogenannter Sittlichkeitsverbrecher. Er hat mich heimlich zwischen den Beinen gestreichelt und auf mein Verlangen aus seinem Liebesleben erzählt. Als ihm bald keine tollen Geschichten mehr einfielen, mochte ich mich nicht mehr anfassen lassen. Ich erzählte in der Schule davon, und die Geschichte flog auf. Eines Tages, als ich mittags nach Hause kam, roch ich schon im Treppenhaus mein Lieblingsessen, gebratene Leber. Obwohl kein Festtag war und ich auch nicht Geburtstag hatte. Die Gesichter meiner Eltern waren so, daß ich weder die Leber noch das sahnige Kartoffelpüree essen konnte. Sie saßen ohne Teller links und rechts von mir und sahen mich todtraurig an. »Hast du uns was zu erzählen?« Ich ging raus, stand an der Wand und hab nur gebeten: Lieber Gott, laß mich tot sein. Ganz schnell tot sein.

Als Pudl explodierte, schrie, daß ich als Kind schon eine Hure sei, und: »Ich bring dich um, ich schlag dich tot«, und mich, den Ofenhaken schwingend, jagte, warf Mutti sich dazwischen. Ich rannte raus, eine Treppe hoch, zu unseren Nachbarn, den Wehners. Mutti hinterher. Vor Angst hab ich die Hose naßgemacht. Mutti nahm mich in die Arme. Jetzt war ich schuld, daß sie weinte.

Alle versuchten, Pudl zu beruhigen. Da beging er einen Ersatz-Mord. Er nahm das große, neue Fotoporträt mit Pudelmütze, von dem er gesagt hatte: »Wie das lebt!«, in die Hand und riß es langsam von oben bis unten entzwei: »Jetzt bist du tot.« Und als Gady mich Stunden später zur Guten Nacht umarmte, riß Pudl ihn weg und sagte: »Küß die nicht, die ist giftig.« Er tobte noch wochenlang, immer wieder kam es hoch in ihm. Zum Prozeß mußten wir beide. Ich als Zeugin gegen den armen tumben Otto B., der bis auf die Sache mit mir immer lieb zu uns gewesen war. Der in einer Marzipanfabrik arbeitete und unserer Familie immer Süßigkeiten mitgebracht hatte und meinen Eltern die Büchermappe lieh. Ich weinte, weil mir der Gerichtssaal unheimlich war und die ganze Situation. Der unglückliche Otto B. kriegte fünf Jahre, fiel ab sofort für seine Frau als Mann und auch für seine verwitwete Schwägerin und deren Kinder als Ernährer aus. Ich fühlte mich unendlich schuldig. Nicht nur damals, sondern mein ganzes Leben. Weil

ich wußte, daß nur die andern in mir das kleine mißbrauchte Kind sahen. Es muß in der Zeitung gestanden haben, denn die Nachbarn sprachen uns eine Zeitlang auf der Straße sehr sonderbar auf den Fall an.
Ich kriegte mit, daß Pudl mit uns auswandern wollte, fast egal, wohin auf der Welt. Überallhin schickte er Anträge, aber niemand wollte uns haben. Weder Amerika, England noch Skandinavien. Gar kein Land. Weil Pudl krank war und wir kein Geld hatten, keine Sicherheiten im Ausland und niemanden, der für uns bürgte. Wir rückten immer enger zusammen, als würden wir durch die Ereignisse um uns herum aneinandergedrängt. Onkel Leo kam aus dem Knast, den ganzen Kopf wie eine Mumie umwickelt. Wir sollten ihn nichts fragen, weil er nichts erzählen durfte. Aber ich hätte zu gern gesehen, was sie ihm alles darunter kaputtgehauen hatten.
Unsere Welt war bedrohlich. Jeder Tag eine Angstpartie. HJ-Jungs bewarfen uns mit Steinen, jagten uns, trampelten auf Gady rum, der erst zwei war. Andere brachten ihm Hetzlieder gegen Juden bei, vom Blut, das vom Messer spritzt. Wir durften eigentlich nichts mehr. – Im Sommer nicht baden gehen, kein Eis kaufen, nicht auf der Parkbank sitzen, ins Kino und Theater sowieso nicht. Einiges davon haben wir trotzdem gemacht, aber immer halb tot vor Angst.
Pudl war nicht mehr ganz so lustig wie früher, aber immer noch lustiger als andere. Er nahm mich mit zu seinem einzigen reichen Freund, dem wunderbaren Opa Hinrichsen. Ihm hatte Pudl auf dem Balkon eine Laubhütte zum Laubhüttenfest gebaut. Wunderschön, mit verschiedenen Früchten, die von dem Laub herunterhingen. Opa Hinrichsen wurde auch umgebracht. Sein Stoffbeutel mit Diamanten, den er Pudl zum Aufbewahren gab, es war ein sehr großes Vermögen, wurde von den Nazis geraubt.
Ich kam zwischendurch immer in irgendwelche Kinder-Erholungsheime, um essen zu lernen. Pudl und Mutti haben mich

überall besucht, auch als ich fünf Wochen im Krankenhaus lag. Das war furchtbar, weil sie nicht rein durften und ich nicht raus. Nur unsere Nasen an der großen Glasscheibe plattdrücken. Sie heulten draußen und ich drinnen.
Eine Zeitlang weiß ich gar nichts mehr von Pudl, kann mich an nichts erinnern. Nur an die Erlebnisse, die ich mit Mutti hatte. Ohrfeigen kriegen von der Milchfrau, weil Mutti Butter brauchte. Danebenstehen, als sie Mutti beim Kragen packten und aus dem Lebensmittelladen rauswarfen. Das große frische Brot, das uns heimlich, mit einem Zettel drin, von einer alten Frau aus dem Nachbarhaus vor die Tür gelegt wurde.
Von Pudl weiß ich erst wieder, als es wie verrückt bei uns an die Tür klopfte. Das war bei Dunkelheit im Spätherbst, morgens gegen fünf. Da wußte auch ich, obwohl es mich aus dem Schlaf riß, daß das die Polizei war, die uns holen wollte. Pudl versuchte, den Beamten seine vielen Orden zu zeigen. Orden, die er als Soldat auf deutscher Seite gekriegt hatte. Er hatte die alle in einem Holzkästchen. Das hielt er denen geöffnet hin. Damals, im Krieg, hatte er sich ja die Lungenquetschung geholt, von der er sich nie erholte. Pudl konnte nicht begreifen, daß seine Orden niemanden interessierten. Es tat mir furchtbar weh, wie sie ihn behandelten. Aber meine Angst war komischerweise weg. Eigentlich wollten sie nur Pudl mitnehmen, denn Mutti und wir Kinder waren gar nicht gemeldet. Gady war sowieso gerade in Bad Kreuznach, um aufgepäppelt zu werden. Mutti drängelte aber solange, bis wir mitdurften, also mit verhaftet waren.
Wir wurden mit anderen Juden auf einen Viehwagen geladen. Ganz langsam durch die Straßen gefahren. Leute guckten aus den Fenstern, Leute guckten weg, Leute gingen lachend hinterher. Pudl kommt mir sehr stark vor, als er sagt: »Stell dich mal ganz nach außen. Die sollen sehen, was hier mit Kindern geschieht.«
Ich versuchte, so stark zu sein wie er. Von Wache zu Wache.

Überall wurden mehr Juden eingesammelt. Dann wurden wir in einer Turnhalle abgeladen. Viele lagen auf den Knien und beteten zu Gott. Das fand ich so dumm, daß ich froh war, daß Pudl und Mutti nicht auch so'n Quatsch machten. Denn mir war klar, daß ein *lieber* Gott sowas nicht zulassen würde. Irgendwann sagte Pudl, daß ich zu einem fremden Mann Papa sagen soll, mit dem ganz natürlich rausgehen, fröhlich aussehen und mich nicht wieder umdrehen. Pudl hat Mutti auf ähnliche Art später auch noch rausgeschmuggelt.

Ich habe Pudl nie mehr gesehen.

Noch einmal packte mich die Wut. Ich war eifersüchtig für Mutti. Ihre schöne Schwester Bertie, die rausgekriegt hatte, wo wir waren, brachte uns Koffer mit Kleidern. Zum Abschied hat Pudl sie ganz lange geküßt, mitten auf den Mund. Sie sagt, da war nichts, aber der Kuß war zu lang.

Pudl wurde mit den andern polnischen Juden in einem plombierten Wagen nach Polen transportiert. Erst nach Benschen, dann nach Krakau. Viele starben schon unterwegs, vor allem an der Grenze. Denn die Polen wollten die Juden nicht haben, trieben sie zurück. Aber die Deutschen trieben gründlicher. Auch ein dreizehnjähriges Mädchen, auf das ich sehr eifersüchtig war, weil Pudl sie so klug und hübsch fand und sich gerne mit ihr unterhielt, wurde umgebracht.

Pudl ging es relativ gut, gemessen an den anderen, weil er im Gegensatz zu den meisten Polnisch konnte. Er dolmetschte, organisierte, arrangierte.

Mutti wußte ja, er ist in Polen. Trotzdem, jedesmal, wenn ein Fahrrad auf der Straße klingelte, fiel Mutti fast vom Stuhl. Pudl fuhr ja immer Fahrrad und klingelte, wenn er kam.

Gady und ich kamen mit einem Kindertransport nach Schweden. Wurden da von Familie zu Familie weitergereicht. Pudl mogelte sich noch mal nach Hamburg zurück, um Mutti nach Polen abzuholen. Zwei Monate vor Kriegsausbruch träumte er nämlich noch davon, mit ihr eine Hühnerfarm aufzumachen.

Sie landeten im Warschauer Ghetto, schrieben noch mehrmals. Sie schickten mir sogar Fotos, auf denen sie nicht ein Jahr, sondern dreißig Jahre älter aussahen als vorher. Aber immer noch schön und wie aus dem Ei gepellt.
Beide sind in Auschwitz umgebracht worden.
Schlimm die Vorstellung, daß sie da nicht bis zum Schluß zusammensein konnten.
Ich weiß, daß unsere Eltern uns über alles liebten. Ihr allergrößter Liebesbeweis war ihr Verzicht auf uns. Uns das Leben zu retten, indem sie uns nach Schweden ließen.
Viel später, als Erwachsene, hab ich erfahren, daß Pudl, dieser Leichtfuß, im Ghetto zum Helden wurde. Solange es ging, organisierte er täglich Suppen und Brot für Hunderte. Es heißt auch, daß er damals, immer noch mit Mutti an seiner Seite, vielen das Leben rettete.
Er hat mir nie so gefehlt wie sie. Wenn ich überhaupt an ihn dachte, dann nur mit einer Mischung aus Gleichgültigkeit und Groll. Und als vor einigen Jahren mal Herli, sein Freund und Pflegesohn, nach Europa kam und mir lachend von gemeinsamen Abenteuern und Pudls Liebschaften – »alle Frauen waren doch verrückt nach ihm« – erzählte, hab ich Pudl bis auf's Blut gehaßt. Er war also nicht nur Spieler.
Ab heute lieb ich ihn wieder.

Aus sicherer Ferne

Mein Bruder Bübchen, der jetzt Gady heißt, und ich waren mit einem Kindertransport nach Schweden gekommen. Nach Stockholm. Der Hamburger Bankier Warburg rettete uns. Sonst hätten die Nazis uns umgebracht. Mutti und Pudl waren als Juden, Ausländer und Linke – ein dreifaches Verbrechen – nach Polen deportiert.

Da ging ich zum schwedischen König. Klein, aber frech. Ich fragte mich zum Schloß durch und landete schließlich bei des Königs Adjutant. Ich erzählte von meinen Eltern, von der Gefahr, in der sie schwebten, und daß sie unbedingt nach Schweden zu uns kommen müßten. Ich wußte, daß ich viel besser Bescheid wußte als die Erwachsenen in Schweden. Jedes jüdische Kind wußte Bescheid, sobald es denken konnte. Im Schloß war mein Auftritt eine Sensation. Besonders, als den Leuten klar wurde, daß ich ganz auf eigene Faust mit meiner Bitte hingekommen war. Ich weinte und schrie und weigerte mich, wieder wegzugehen, bis man mir versprach, meinen Eltern ganz schnell zu helfen. Als ich nach Hause kam, wußte mein Vormund schon Bescheid. Er war fassungslos, weil ich ohne sein Wissen etwas erreicht hatte, wovon er, Schwede und Millionär, hoch angesehen, nicht mal zu träumen wagte.

Unsere Euphorie war kurz. Der Krieg brach aus. Nicht in Schweden. Aber für mich hautnah, weil deswegen alle Grenzen gesperrt wurden und niemand mehr, weder bürokratisch noch unbürokratisch, als Flüchtling ins Land konnte.

Nun wußte ich, ein für allemal, daß wir uns nie wiedersehen würden. Keine Hoffnung auf Mutti mehr. Zwölf Jahre keine Tränen von Stund an. Wie zugefroren und zugemauert.

Ich hatte schnell einige Freundinnen. Nur heimlich, denn die

durften nicht mit Juden spielen. Aber das hatte wohl nichts mit dem Krieg zu tun.
Bübchen und ich wurden von Familie zu Familie geschoben. Nach vier Familien landete Bübchen im Waisenhaus und ich ohne ihn bei noch weiteren acht Familien. Dadurch lernte ich jeden Winkel Stockholms kennen und die Vororte. Besonders da, wo die Reichen wohnten, in den Villengegenden, gab es viele Nazis. Das hatte wohl auch nichts mit dem Krieg, aber mit Hitlers Rassenideologie zu tun. Groß und blond sollte man sein, und das waren ja viele in Schweden.
Nirgends lebte man besser als in Schweden. Doch auch dort wurde dem Krieg der andern Länder einiges zum Vorwurf gemacht. Vor allem, daß die drei Hauptsuchtmittel der Schweden sehr knapp wurden: Kaffee, Tabak und Alkohol. In Schweden tranken die meisten normalerweise bis zu zwölf Tassen starken Kaffee am Tag. Da konnte ich für eine Spur von Beliebtheit sorgen, indem ich auf meinen verzichtete. Ich weiß, daß die Erwachsenen anfingen, getrocknete Tee- und Beerenblätter zu rauchen. Und viele brannten ihren Kartoffelschnaps selber oder wichen mit katastrophalem Resultat auf Spiritus, Haarwasser und sonstwas aus.
Das Essen war immer gut. Vielleicht kam es mir auch nur so vor, weil wir als geldlose Juden in Hamburg hungern mußten. Mir schmeckte auch der Beefsteak-Ersatz: Rote Bete in Scheiben geschnitten, paniert und von beiden Seiten gebraten. Ich hab auch in Schweden gehungert, aber das war erst später, als ich, halbwüchsig, aus London zurückkam. Lange nach dem Krieg.
London spielte die ganzen Jahre eine Rolle für Bübchen und mich. Drohend im Hintergrund, mal weit weg, mal ganz nah dran. Unser Vormund wollte uns und die Kosten für uns loswerden. Er hatte gedacht, daß er höchstens sechs Wochen für uns sorgen müßte, und nun wurden es sechs Jahre. Er wollte uns immer zu unserem Uncle Adi nach London abschieben.

Wir wußten, daß da Bomben waren, und wollten nicht hin. Obwohl Uncle uns rührende Briefe schrieb.
Irgendwann war es dann soweit. Wir wurden in einem kleinen Kurierflugzeug, sehr hoch fliegend, wegen der Gefahr, nach Schottland und von da mit dem Zug nach London gebracht. Auf dem Bahnsteig wartete Uncle mit flatternden, viel zu weiten Hosen und schneeweißem Haar, das uns entgegenleuchtete. Seine Wohnung in Earl's Court war zur Hälfte weggebombt. Am nächsten Tag spielte ich auf der Straße und ging ein bißchen rum. Ganz alleine. Alles menschenleer. Ein Zischen war zu hören, ziemlich lange. Und so ein komisches Geheule. Ich wunderte mich, daß in einer so großen Stadt niemand am hellichten Tag zu sehen war.
Als ich nach Hause kam, waren alle außer sich vor Sorge. Sie erzählten mir, daß das die V 2 war, und schimpften, weil ich nicht in einen Keller gelaufen war. Sie konnten gar nicht fassen, daß das absolut neu für mich war. Und ich hatte zum erstenmal das Gefühl, gerade noch davongekommen zu sein. Obwohl wir ja schon lange gerade noch davongekommen waren.
Mein nächster Spaziergang war mit Bübchen und Uncle in den Hyde Park. Da standen viele und sahen sich ein tiefes Riesenloch an. Das war also die V 2, dachte ich, und mir wurde mulmig.
Inzwischen habe ich, im angeblich tiefsten Frieden, viele, viele Kriege erlebt. Wie damals, in Schweden, aus sicherer Ferne.

Kim und ich

Als ich zwölf war, habe ich schon in der Schule vor der ganzen Klasse für Abtreibung plädiert. Weil die Welt so ist, wie sie ist. Erst als ich fünfzehn war, hätte ich frühestens selbst schwanger werden können, wenn ich überhaupt einen Liebhaber gehabt hätte. Die Frage der Abtreibung war mir immer wichtig, weil ich es falsch finde, Kinder in die Welt zu setzen. Daran hat sich bis heute nichts geändert.
Als ich dann selbst schwanger wurde und es erst im vierten Monat erfuhr, wollte ich es zunächst nicht glauben. Das paßte so wenig zu mir und zu dem, was ich wollte, daß ich es im ersten Moment eher komisch als tragisch fand. Dann war mir klar, daß ich mich mit der Abtreibung sehr beeilen müßte. Meine Anträge gingen von einem Arzt zum nächsten. Das war in Schweden. Da hatte die Ärztekammer über Abtreibungen zu entscheiden. Ich hatte nur eine Indikation anzubieten: meine Weltanschauung. Daß ich kein Geld hatte, nicht mit dem Vater verheiratet war, viel zu jung war, keine Wohnung hatte, war für mich keine Indikation. Das hab ich nicht mal mit angegeben, obwohl das ja vielleicht schon gereicht hätte. Ich muß so überzeugend gewesen sein, daß alle Ärzte, bis auf den allerobersten Gutachter, der Abtreibung zustimmten.
Während der anderthalb bis zwei Wochen, die das dauerte, ging ich immer öfter auf Kinderspielplätze. Es veränderte sich was in mir. Plötzlich interessierten mich kleine Kinder. Ich guckte denen beim Spielen zu. Mein größtes Pech war, wenn ein Kind dabei war, das anziehend auf mich wirkte, weil es ausgemergelt und großäugig war. Das kam in Schweden selten vor, aber wenn so ein Kind dabei war, dann wünschte ich, daß die Welt so wäre, daß ich auch ein Kind kriegen könnte.
Rune, der Vater von Kim, freute sich. Um ihn nicht zu er-

schrecken, hab ich aus der Eröffnung ein Fest gemacht. Zündete Kerzen an, legte den »Tango Violetta« auf, tanzte mit den Armen um seinen Hals und erzählte von meiner Schwangerschaft, als ob's ein großes Geschenk wäre. Er war sehr sehr jung, ich glaube so 18 oder 19. Und Abtreibung war etwas, was überhaupt noch nie in seinen Kopf gekommen war und für ihn nicht akzeptabel. Das fand ich für mich schön und habe es als Liebeserklärung aufgefaßt. Aber es hat an meiner Anschauung nichts geändert. Es fügte aber meinem Abtreibungswunsch Trauer hinzu. Es schlichen sich plötzlich Wünsche ein, die ich mir vorher nie hätte vorstellen können.

Als dann der oberste Gutachter, der Chefpsychiater des Karolinska Sjukhuset, Dr. Carlberg, sein Veto gegen die Abtreibung einlegte, glaubte er, daß er mich aufweichen könne. Er sagte, daß ein Kind mich weiblicher machen würde. Durch die Mutterschaft würde ich weicher und anders und würde das Leben positiver sehen. Dann haben sie in einer psychiatrischen Klinik vier Monate an mir gearbeitet. Ich war inzwischen schon reichlich schwanger. Während der Schwangerschaft nahm ich mir vor, mich umzubringen. Das Kind fing an, mir etwas zu bedeuten. Ich unterhielt mich mit dem Kind, versuchte ihm zu erklären, warum ich ihm dieses Leben ersparen wollte, und nahm mir dann den Selbstmord vor.

Der mich behandelnde Arzt versprach mir das Gift, das ich verlangte. Er wollte nur, daß ich mir das noch einmal eine Woche durch den Kopf gehen lasse. Man hat mich dann in der Klinik die ganze Woche nach Strich und Faden verwöhnt. Das tat mir gut. Aber als die Woche um war, hab ich das Gift verlangt. Ich habe es nicht bekommen. Damit war der Arzt für mich als Therapeut gestorben. Er hatte nicht Wort gehalten. Ich habe das Kind ausgetragen. Mein Sohn brauchte zehn Monate, um auf die Welt zu kommen. Ich hab das als ein Indiz dafür genommen, daß mein Kind gar nicht zur Welt kommen wollte, daß mein Kind meine Anschauungen teilte.

Daß mein Kind ein Mädchen werden könnte, kam mir nie in den Sinn. Weil es für mich so war, als würde ich noch mal meinen Bruder bekommen, den ich verloren hatte, weil andere über uns bestimmten. Der mir sehr viel bedeutete und den ich sehr vermißte.
Kim wurde später auch wie mein Bruder. Obwohl wir nur schwedisch miteinander sprachen – mit Gady sprach ich nur englisch. Er sah genau so aus, war helläugig und hatte weißblonde Locken, obwohl sein Vater kohlrabenschwarze Haare hatte und unsere Eltern auch schwarzhaarig waren.
Die Spannung auf mein Kind, wie es aussehen, wie es sein würde, war in den letzten Schwangerschaftsmonaten gestiegen. Im achten Monat hatte ich fast eine Fehlgeburt, weil Rune und ich uns zu heftig liebten. Da hab ich die Ärzte gebeten, daß sie es retten. Es war also eine sehr späte Entscheidung – für die Geburt. Meine Weltanschauung hatte sich nicht geändert, aber das Verhältnis zu meinem Kind.
Die Geburt war sehr sehr schlimm. Es war ein komplizierter Kaiserschnitt. Meine erste Reaktion auf das Baby war zu sagen: »Schlagt es tot!« Um es vor dem Leben zu retten. Das war direkt nach dem Erwachen aus der Narkose. Was viel tiefer saß in mir als Neugier und Freude – kein Kind in diese Welt zu setzen –, hab ich da ausgesprochen. Als man mir meinen Sohn dann ein paar Stunden später in die Arme legte, wollte ich ihn. Über meine Zukunft hab ich mir damals keine Gedanken gemacht. Mir war klar, daß man unmöglich die Verantwortung für ein Kind tragen kann. Daß man auch ein Kind nicht schützen kann. Weder vor äußeren Einflüssen noch vor dem, was ohne meine Zustimmung in dieser Welt geschieht. Das hab ich immer gewußt, auch weil meine Eltern ja alles getan haben, um uns zu schützen, und dazu nicht in der Lage waren.
Wunderbare Eltern. Warm und lebendig – Mutti ganz klein. Mit wuscheligem, krausem, schwarzem Haar. Sehr viel Haar. Meistens ein Knoten, um erwachsener und ordentlicher auszu-

sehen. Riesige, graue Augen. Große Nase. Jede Menge Mund. Die Haut duftend und weich von Kopf bis Fuß. Wunderschöne Hände, obwohl sie so hart bei uns und in fremder Leute Haushalt arbeitete. Liebevoll, fürsorglich. Lachend und weinend. Weiche Stimme. – Pudl, mein Vater, auch schwarzlockig, Tangofigur, auch so schöne Hände. Lachende Augen. Auch er liebevoll und fürsorglich – kein Widerspruch dazu, daß er, dem Spiel verfallen, immer alles verlor.
Beide kamen über das Warschauer Ghetto nach Auschwitz. Das war das Ende unserer Familie.
Ich hab meinen Sohn Kim genannt. Ich bereue den Namen, ich hatte nur so mit Buchstaben gespielt, und da kam Kim raus. Eigentlich hätte ich meinen Sohn David oder Daniel oder Benjamin nennen sollen. Er heißt zwar auch Simon wie mein Vater, wird aber leider nie so genannt.
Wir kamen in ein Mütterheim, weil ich keine Wohnung hatte. Ich hatte vorher als Nichtstudentin in einer Studentenwohnung gewohnt, und dahin konnte ich mit meinem Sohn nicht zurück. In dem Mütterheim fiel ich total aus dem Rahmen. Wir, Kim und ich, haben es dort sehr schwer gehabt. Die Leiterin war alkoholkrank. Bis auf zwei oder drei ihrer Favoritinnen wurden alle Frauen in dem Heim unentwegt gepiesackt. Ich besonders. Es war die Beschneidung von Kim, die Anlaß bot, uns beide zu quälen. Diese Sauerei von mir ... und die Spekulationen darüber, warum ich das hatte machen lassen, was das alles nach sich ziehen würde an neuen Sauereien. Die Leiterin trieb es soweit, daß ich ihr an die Gurgel ging. Ich versuchte tatsächlich, sie zu erwürgen. Ohne Erfolg. Wir mußten daraufhin raus aus dem Heim. Kim kam in ein Säuglingsheim. Ich hatte ihm ja nichts zu bieten. Ich hatte keine Wohnung, hatte außer meinen Sprachkenntnissen ja gar nichts. In Schweden standen damals Leute bis zu sieben Jahren auf der Warteliste nach einer Wohnung. Ich hab dann bei Verwandten in London und in Belgien versucht, für uns eine Bleibe zu finden.

Schließlich blieb ich bei meiner Kusine Urselchen in Hamburg hängen. Ich bin eigentlich nicht freiwillig wieder nach Deutschland gegangen. War auf der Durchreise und blieb. Meine ersten Versuche, Kim nachzuholen, schlugen fehl. Hier hatte ich ja auch keine Wohnung. Kim bedeutete mir sehr viel. Ich wollte ihn unbedingt haben. Aber gleichzeitig war die Verantwortung für ihn da. Ich glaubte, daß er es überall sehr viel besser hätte als bei mir. Inzwischen gab man ihn, ohne mich zu fragen, einem kinderlosen Paar, das sich eigentlich ein Adoptivkind wünschte. Sie liebten ihn sehr.
Im nachhinein überlege ich, ob es nicht besser gewesen wäre, ihn auf jeden Fall bei mir zu haben. Ihn auch zur Not hungern zu lassen. Es waren ja auch für mich Hungerszeiten. Ob das nicht besser gewesen wäre, als ihn in diesem bürgerlichen Haushalt in Schweden zu lassen, wo er alles hatte, auch Liebe. Wodurch ich ihm aber eine Fremde blieb. Da lag ich immer im Clinch mit meiner unendlichen Sehnsucht nach meinem Sohn und der Verantwortung dafür, daß er es gut hatte.
Kim und ich konnten immer so gut zusammen lachen. Das war eine Gemeinsamkeit zwischen uns, nur zwischen uns. Wir

Kim und Peggy

lachten anders miteinander als andere Leute oder seine Eltern in Schweden. Die hielten uns für verrückt in solchen Augenblicken. Sie sagten auch, daß nur Verrückte bei Tisch lachen. Überhaupt: daß man so laut lacht, hätte etwas Verrücktes an sich. Da wurde Kim immer ganz ernst, weil das eine Rüge war. Aber wenn wir allein waren, haben wir gelacht, bis wir uns kullerten.

Kims Eltern waren sehr gläubig und schickten ihn auch in die Sonntagsschule. Als er sieben war, sagte er mir, daß er das nicht glaube, was man ihm da beibringe. Da jauchzte mein Herz, daß er, so klein wie er war, es wagte, eigene Gedanken zu haben. Da dachte ich, *dies ist mein Sohn.*

Und wenn er inzwischen soweit war, daß er denen geistig überlegen war, dann mußte er auch zu mir kommen. Und als Kim gerade acht wurde, kam er zu mir. In der ersten Zeit haben wir sehr viele Reisen miteinander gemacht. Wir verstanden uns gut und hatten viel Spaß miteinander. Für mich wurde er immer mehr mein Bruder. Und da er nun schon mal Mutter und Vater in Schweden hatte, waren wir wie Bruder und Schwester. Nur einmal wurde ich schwach und hab ihn gebeten, daß er mich Mama nennt. Da hat er sehr gelacht und gesagt, daß ich zu klein wäre dafür, und damit war das erledigt. Leider! So haben wir also wie zwei Geschwister zusammengelebt und alles geteilt. Für mich war es sehr wichtig, alles zu teilen, keine Geheimnisse voreinander zu haben. Kim sollte nicht nur meine Stärken, sondern auch meine Schwächen kennen. Ich hab erst spät begriffen, wie sehr ich ihn damit überfordert habe, ihn immer als Bruder und Erwachsenen gesehen zu haben, als gleichberechtigt und gleichwertig. Ich fand es toll, er aber kam nicht zu seinem kindlichen Recht. Das hat auch dazu geführt, daß er mit 13 oder 14 unbedingt ins Internat wollte. Ich hab ihn gefragt, ob er verrückt geworden sei? Ob er nicht wisse, was das für eine Kacke sei? Warum er überhaupt ins Internat wolle? Er meinte: »Weil einem da gesagt

wird, was man tun muß.« Bei mir hatte er immer die freie Wahl. Ich konnte nicht begreifen, daß diese freie Wahl ja auch sehr schwer ist.
Später, als junger Schauspieler, wurde Kim dauernd interviewt. In einem Interview hat er mal gesagt, daß ich ihn nie geliebt hätte und er immer nur alles gekriegt hätte, was man für Geld kaufen kann. Dabei hatten wir selten Geld. Nur eins stimmt: An seinem Geburtstag und Weihnachten wurde er reich beschenkt. Er durfte eine Liste machen. Doch er war immer sehr bescheiden und wünschte sich nur ein oder zwei Sachen von dieser Liste. Ich hab es aber fertiggebracht, bis zu seinem Geburtstag die ganze Liste abzuhaken.
Es ist so viel schief gelaufen zwischen uns. Er hatte keine Kindererziehung. Ich weiß überhaupt nicht, wie manche Leute meinen, sie könnten ihre Kinder erziehen: Wie und woher denn wollen sie es können? Wer kann das denn? Ich kenne keinen.
Einmal wollte ich mir das Leben nehmen. Natürlich mit meinem Sohn zusammen. Da kamen verschiedene Dinge zusammen. Ich war krank, hatte Depressionen. Wir hatten überhaupt kein Geld. Ich hungerte eigentlich immer. War unterernährt. Und wie ich mich kenne, hatte ich auch Liebeskummer. Es war wie immer, Kim mußte entscheiden. Ich konnte ja nicht über seinen Kopf hinweg über sein Leben bestimmen. Da hab ich ihn gefragt: »Lebst du gerne?« Hätte er nein gesagt, dann hätte ich uns umgebracht. Aber zu meiner Überraschung sagte er: »Oh ja, sehr gern.« Da lebten wir eben weiter.
Mein großer Jammer war, daß Kim nie seine Gefühle zeigte. Er beklagte sich nie, zeigte aber auch nie, ob er sich über irgendwas freute. Es war für mich unerträglich, daß er weder Glück noch Unglück zeigte. Und als ich mich darüber mal beschwerte, daß er sich nie über irgendwas freute, da sagte er zu mir: »Sei doch froh. Dafür zeige ich ja auch nie, daß ich unglücklich bin.« Er frißt auch nach wie vor alles in sich hinein.

Was ich auch bereue: meine Reisen. Ich war oft nicht da, wenn Kim mich brauchte. Aber damals dachte ich, er braucht mich nicht, er macht sich nichts aus mir, er ist viel lieber mit anderen zusammen. Er schämte sich ja auch für mich. Aber gerade wenn ich weg war, passierte ihm was. Einmal brach er sich den Arm, einmal wurde er vom Hund gebissen, und einmal fiel er in einen Keller und schlug sich ganz schlimm den Kopf auf. Er hat dann auch mal zu mir gesagt, wenn du wieder wegfährst, werde ich mir wieder was brechen.

Am schlimmsten war es, als ich ihm auch mal wieder nicht helfen konnte. Davon träume ich manchmal nachts. Ein Arschloch von Zahnarzt hatte einen seiner kleinen Zähne mit irgendeinem giftigen Dreck gefüllt, ohne zu sagen, daß es wieder raus muß. Einige Tage später, Kim lag inzwischen mit hohem Fieber mumpskrank im Bett, hielt er sich weinend die Backe. Er, der sonst nie klagte, konnte sich nicht mehr beherrschen. Es war Sonntag, und vom Notarzt hatte ich damals noch nichts gehört. Da fiel mir ein Lyriker ein, der eigentlich Zahnarzt war. Wickelte Kimmi in Decken und fuhr zu ihm hin. Ich durfte nicht mit rein. Genau wie damals, als er im Krankenhaus beschnitten wurde. Als ich ihn gellend schreien hörte –der Zahnarzt schnitt ohne Betäubung –, riß ich die Tür auf und stürzte rein. Der Arzt schrie: »Mach, daß du rauskommst, oder ich behandle ihn nicht weiter.« Das Entsetzliche: ich gehorchte. Wie sehr wünsche ich, daß ich damals darauf bestanden hätte, bei ihm zu bleiben und ihm die Hand zu halten!

Wir haben viel über die Liebe gesprochen. Ich hab meinem Sohn versucht beizubringen, daß man Frauen nicht benutzt und dann aus dem Bett tritt, sondern daß Liebe ein Grund ist, ganz glücklich und dankbar zu sein und das den Frauen auch zu zeigen.

Ich schrieb Kim wunderbare Briefe, als er noch in meinem Bauch war. Machte ihn schon da zu meinem Vertrauten. Ich hab Kimmi auch jahrelang, als er noch klein war, die schönsten Briefe nach Schweden geschrieben. Ihm in allen möglichen Variationen gesagt, wie toll er es hat mit zwei Müttern. Daß alle andern Kinder nur eine Mutter haben, ganz traurige Kinder gar keine, und er, der Glückspilz, also zwei. Und wie gut, daß die beiden Mütter so verschieden sind, weil er dadurch viel mehr kennenlernt als andere. Ich schrieb und schrieb, nicht ahnend, daß seine Eltern ihm meine Briefe nie vorgelesen haben. Daß sie statt dessen schlecht von mir redeten, weil sie Angst vor mir hatten.

Sie wollten ihn ja adoptieren, und ich wollte es um nichts in der Welt. Sie versuchten auch immer, ihre Angst vor mir auf ihn zu übertragen. Sagten, er solle sich vor mir verstecken, wenn ich nach Schweden kam. Ich mußte ihnen schwören, Kim nicht zu verraten, daß ich seine Mutter bin. Alles ein einziges Elend.

Ich hab meinem Sohn aber immer erzählt, wie wunderbar seine Eltern sind. Ich hab ihn sie auch später, als er bei mir lebte, jedes Jahr in den Ferien besuchen lassen. Das war ein Fehler. Doch ich dachte damals, daß es sehr großzügig von mir wäre. Denn er fuhr als mein Freund und kam zurück als mein Feind. Er fuhr ab mit langen Haaren und kam zurück mit kurzen Haaren. Was das bei ihm an Zwiespalt ausgelöst haben muß, diese beiden total verschiedenen Einflüsse! Er hat seine Eltern in Schweden geliebt. Er wollte es ihnen und mir recht machen. Mit Sicherheit hat er seine Eltern in Schweden mehr geliebt als mich. Vielleicht hätte er mich ja auch geliebt, wenn ich nicht so viel kaputtgemacht hätte, wenn ich nicht so gegen seinen gewohnten Lebensrhythmus angelebt hätte.

Kim haßte Improvisationen. Er erzählte mir, wenn bei seinen Eltern in Schweden Besuch kam, dann wußte man das schon zwei Wochen im voraus und alle freuten sich die ganze Zeit darauf. Tage vorher wurde davon gesprochen und sich darauf eingerichtet. Wir hatten viel Besuch, aber meistens kam unser

Besuch unangemeldet. Auch das muß ihn fürchterlich durcheinandergebracht haben.
Versprechungen, die ich Kim gemacht habe, habe ich immer eingelöst, und wenn ich dafür hätte klauen müssen. Aber ich habe darunter gelitten, das ging voll zu meinen Lasten. Um Versprechen halten zu können, habe ich immer wieder zurückgesteckt. Vielleicht meint Kim heute, daß ich mich hätte durchsetzen müssen, daß ich nicht hätte sagen dürfen: »Was willst du lieber, mit mir in den Süden oder nach Schweden?« Wobei ich mir natürlich sehnlichst wünschte, er würde sagen: »Mit dir in den Süden«. Aber er hat es nicht *einmal* gesagt. Er durfte auch entscheiden, ob ich mit nach Schweden komme oder nicht. Aber auch das wollte er nicht. Ich habe das nie bestimmt, aber vielleicht hätte Kim es gewollt. Bestimmt hab ich nur, daß er nie in der Dunkelheit auf der Straße sein durfte, weil ich Angst hatte, es könnte ihm was passieren.
Dafür durfte bei uns oben gespielt werden – soviel und solange die Kinder Lust hatten. Und bei uns durfte übernachten, wer wollte. Als ich mal fragte: »Wer ist eigentlich dein bester Freund?«, zählte er ein paar Jungs auf. »Aber mein allerbester Freund bist du. Weil du immer Wort hältst und ich mich auf dich verlassen kann.« Da war ich glücklich.
In der Pubertät konnte ich Kim überhaupt nicht verstehen, ich fand ihn nur ungerecht und gemein. Wo war unsere Freundschaft hin? Er benahm sich wie ein Feind. Einmal sagte mir eine seiner Freundinnen: »Du, ich verstehe nicht, daß man jemanden wie dich so hassen kann.« Ich war ganz erschrocken. Seine Freundin liebte mich. Überhaupt sagten die Kinder schon immer zu Kim: »Mensch hast du das gut mit der Peggy.« Er aber seufzte da immer nur bitter.
Ich hab für meinen Sohn Skat gelernt und dachte: Nun können wir immer Skat spielen. Er aber stöhnte: »Andere Eltern zwingen ihre Kinder nicht, die ganze Nacht Skat zu spielen.« Im Grunde war alles, was ich machte, ein Schuß in den Ofen.

Ich weiß nicht, ob ich da überhaupt mitreden kann, weil ich im Grunde immer alle beneidet habe und noch beneide, die Eltern haben. Ich habe es immer abscheulich gefunden, wenn andere sagten, sie fänden ihre Eltern zum Kotzen, oder wenn sie sagen: Scheiße, jetzt müssen wir wieder hin zu den Alten. Dann hätte ich die verprügeln mögen.

Erst als ich weinend durch die Welt lief, weil ich erfahren hatte, daß Kim mich haßt, und ich es gar nicht fassen konnte, da begriff ich etwas von dem zwiespältigen Verhältnis, das Kinder zu Eltern haben können. Ich habe eigentlich um keinen Mann so gelitten wie um Kim, obwohl ich um Männer genug getrauert habe. Ich habe ihm gesagt, er könnte zurück nach Schweden oder in ein Internat. Aber das wollte er da auch nicht mehr. Ich habe nie verstanden, wie man seine Eltern hassen kann. Vielleicht habe ich es auch deswegen so schwer verkraftet, daß Kim sich von mir abgewandt hat. Vielleicht ist es ja Haßliebe, die Kim für mich fühlt. Neulich hat jemand zu mir gesagt, daß Kim mich sehr liebt, aber daß er sich immer noch von mir befreit. Ich wünschte, wir wären einfach beste Freunde.

Ich habe nie Gebrauch davon gemacht, daß man als Mutter auch Befehle erteilen kann. Kim durfte sich immer aussuchen, ob er Weihnachten und Silvester mit mir feiern wollte oder in Schweden. Oder mit Freunden bei denen oder bei mir. Dabei blieb ich auf der Strecke. Ich habe dann sicher eine lange Fresse gezogen, wenn er sich gegen mich entschied. Es war aber nicht so, daß ich ihn erpressen konnte mit meinem langen Gesicht, aber vielleicht hatte er schlimme Gewissensbisse.

Da fallen mir noch andere Dinge zu Kim ein: Wie ich immer mehr die Nerven verlor und ihn auch mal schlug, obwohl das zu den Dingen des Lebens gehört, die ich falsch finde. Bis ich dann von ihm selber hörte, seine Eltern in Schweden würden ihn viel mehr lieben als ich. Wenn er was gemacht hätte, würden sie ihn auch dafür bestrafen und verhauen. Und jedesmal weinen, wenn er wegfuhr. Da bin ich total ausgeflippt. Ich habe ihn nie kalkuliert geschlagen, sondern aus der Sekunde heraus und nicht sechs Stunden später. Ich habe ihm einmal sogar eine Louis-Armstrong-Platte, die ich ihm geschenkt hatte, überm Kopf zerbrochen. Er kriegte fürchterliche Angst, weil ich so wütend war, und lief aus dem Haus. Da erst kam ich zur Besinnung und dachte, um Gottes willen, um Gottes willen, was ist da passiert? Ich überlegte, was ich machen könnte, doch da klingelte es schon, und vor der Tür lagen lauter kleine Päckchen mit Herrlichkeiten. All das, was ich am liebsten aß und mir nie leistete, hatte Kim vor die Tür gelegt. Er saß oben auf der Treppe unterm Dachboden und wartete, wie ich reagieren würde. Ich hab geheult vor Freude und Scham. Dann haben wir uns ganz heftig umarmt.

Ich hab so viele Fehler gemacht, daß ich nicht mehr daran denken mag. Ich gehe davon aus, daß das Leben Eltern zu Fehlern zwingt. Und daß ich auch deshalb recht damit habe, daß man keine Kinder in die Welt setzen sollte.

Ich kenne kein Kind, das liebevoller gewesen wäre als Kim. Und wenn mein Sohn sich von mir abgewandt hat, kann es nicht an ihm liegen.

So wie ich gegen Kinderkriegen bin, bin ich gegen die Ehe. Trotzdem ist Kim ehelich geboren. Ich war eine Scheinehe eingegangen, weil ich staatenlos war und dringend Papiere brauchte. Mein Leben war illegal. Kim wurde genau ein Jahr danach geboren. Andere Frauen wären damals glücklich über so einen Zufall gewesen. Ich habe neun Jahre darum gekämpft, Kim für unehelich erklären zu lassen. Ich war sehr rigide, was meine Anschauungen betraf. Es hätte mir ja egal sein können. Die Beamten konnten mich überhaupt nicht verstehen, die hielten mich für verrückt.

Ich hatte mir vorgenommen, Kim zu Ehrlichkeit und Offenheit zu erziehen, Mut zu haben und sich nicht zu ducken. Ich versuchte ihm beizubringen, daß er seine Freiheit nur leben kann, wenn er anderen die Freiheit läßt. Er hat aber den Widerspruch miterlebt zwischen meiner Lebensanschauung und meinen Liebesverhältnissen, in denen ich den Männern kaum noch die Freiheit zum Atmen ließ. So nach dem Motto, wenn der Mann nicht mit mir zusammen atmet, soll er lieber aufhören zu atmen. Dieser Widerspruch in mir. Diese Zerrissenheit. Es ist ja nicht nur wichtig, wie ich denke, sondern mindestens ebenso, wie ich lebe. Sonst lebe ich ja mit Freunden, was ich denke. Nur in den Liebeserlebnissen, die Kim ja auch miterlebt hat, hat er gesehen, daß da was völlig anderes stattfand. Daß ich da all das tat, was ich sonst ablehne. Ich glaube, daß ihm das sehr geschadet hat.

Wir wurden sehr oft für Geschwister gehalten. Daß ich Kim geboren hatte, machte mich leider nicht zur Mutter. Ich erklärte Kim an Hand meines Kaiserschnittes vom Bauchnabel bis ich weiß nicht wohin, daß er aus mir herausgekommen ist und nicht aus der anderen Frau. Und gleichzeitig versuchte ich ihm zu sagen, daß er unheimlich gut dran ist mit zwei Müttern, daß zwei Frauen ihn so lieben und dazu auch noch zwei so verschiedene Frauen. Ich habe wirklich daran geglaubt, daß zwei so verschiedene Frauen, wie wir es sind, den Bedürfnissen eines Kindes gerecht werden können. Später habe ich festgestellt, daß Kim ein völlig zerrissener Mensch ist, zumindest was mich anbelangt. Er hat mir wohl nie verziehen, daß ich ihn nach Deutschland geholt habe. Manchmal denke ich, daß ich für ihn eine wilde Fremde bin, die ein hübsches Kind geraubt hat. Er hat nicht das Gefühl, daß ich seine Mutter oder seine Schwester bin. Er findet auch nicht mehr, daß ich seine beste Freundin bin, obwohl ich das früher eine Zeitlang für ihn war.

Seine Pflegeeltern in Schweden waren für Kim die richtigen Eltern. Ich war die Außenseiterin. Meine politische Haltung und Arbeit, die hat er damals wohl noch nicht so mitbekommen. Dafür aber andere Dinge. Er fand es toll, daß wir zusam-

men so schön lachten, doch gleichzeitig war das etwas, was durch seine Eltern abgewertet wurde. Das setzte sich in ihm fest. Er schämte sich, daß ich so laut lachte.
Ich habe mir, um Kim zu gefallen, ab und zu von ihm die Kleider aussuchen lassen. Da hat er mir ein Kostüm und Hüte ausgesucht, damit ich wenigstens optisch zu den Eltern seiner Mitschüler paßte. Alles war falsch, was ich machte. Ich wohnte z. B. immer mit vielen Leuten zusammen, als es das Wort Wohngemeinschaft noch gar nicht gab. Mit Marokkanern, Türken, Brasilianern, Japanern, Indonesiern und Afrikanern, mit Transvestiten und Schwulen. Zu dem einen Schwulenpaar sagten wir Mutter und Vater. Wenn dann Kims Mitschüler zu uns nach Hause kamen und die vielen bunten Männer in unserer Wohnung kennenlernten, erzählten sie das natürlich auch zu Hause. Das gab Skandale. Bestenfalls tat Kim allen leid. Das arme Kind, das in einem so gräßlichen Haushalt leben mußte. Dennoch glaube ich, daß dieses Zusammenleben mit anderen der Teil unseres Lebens war, der ihm am wenigsten geschadet hat. Ich wollte ja auch, daß er alles mitlebt und erlebt. Ich wollte ihn nicht in diesem künstlichen Schonraum Kindheit aufwachsen lassen, damit er später bestenfalls tolerant würde. Das wäre ja nur äußerlich. Er sollte vielmehr durch eigenes Erleben sensibel für andere bleiben. Das war mir wichtig.
Als die sechs Jahre Schulzeit in der schwedischen Privatschule um waren, wollte ich um nichts in der Welt, daß er in eine deutsche Schule kommt. Ich wollte, daß er auf die internationale Schule ging, damit er wirklich farbenblind aufwuchs. Ich hatte aber nicht das Geld. Ein Jahr habe ich vergeblich um ein Stipendium gekämpft. Und dann kam irgendwann jemand von der Behörde zu uns, weil ich Kim schon fünf Monate nicht mehr zur Schule ließ. Da mußte er dann doch in eine deutsche Schule. Er hatte diese Außenseitergeschichte inzwischen so satt, daß er schon innerhalb weniger Wochen durch die Schule ganz versaut war. So, wie ich es befürchtet hatte. Er

wollte Krachlederhosen tragen und seine langen Haare abschneiden lassen.
Ich habe ihn immer mitgenommen zum FKK. Das fand er auch sehr schön. Aber in der Stadt, wenn ich nackt auf dem Balkon lag, wurde er von anderen Kindern gehänselt. Die mußten zwar erst auf Bäume klettern, um mich zu sehen, aber trotzdem. Er hat sich fürchterlich für mich geschämt. Aber mir war es wichtig, ihm vorzuleben, daß man nur das tut, was man selbst für richtig hält, so lange man nicht anderen schadet. Ihm hat mein Leben aber doch geschadet, weil er z. B. den Hänseleien nicht gewachsen war.
Er erlebte natürlich auch Dinge mit mir, um die ihn alle anderen Kinder beneidet haben. Ich weiß nicht, was davon bei ihm in Erinnerung geblieben ist. Aber einmal, als er nicht wußte, daß ich es hören konnte, hat er sich mit anderen über Kindererziehung unterhalten und gesagt, er würde seine Kinder genauso erziehen, wie ich ihn erzogen hätte.
Seinen Geburtstag haben wir immer ganz lange gefeiert. Von wegen, sich ein halbes Jahr vorher auf den Geburtstag freuen und dann ist er nach einem Tag schon vorbei – das gab es bei uns nicht. Wir haben zwei Wochen lang Geburtstag gefeiert. Und jeden Tag waren neue Gäste da. Mal die schwedischen Schüler, dann die Kinder aus der Nachbarschaft. Wir haben immer wieder neu und anders gefeiert. Bis wir so richtig geburtstagssatt waren.
Bei uns war Tag und Nacht Musik, wurde Tag und Nacht getanzt. Ich hatte die schönsten Platten und Bänder. Auch Kimmi tanzte, als er noch klein und unbefangen war, so locker wie die Brasilianer. Wir schlugen den Rhythmus auf Fußboden und Tisch, an Gläsern, Tellern, Tassen und Besteck, benutzten Streichholzschachteln als Rumbarasseln. Wir tanzten während des Essens, vorher und nachher.
Kimmi ist erstaunlich sportlich, obwohl es in der Privatschule kein Turnen gab. Ich zeterte, bis im Sportverein eine Gruppe

Handball für Kinder ins Leben gerufen wurde. Da waren dann auch Kims schwedische Freunde drin. In dem deutschen Gymnasium war er der beste Läufer seiner Altersgruppe. Das kam ihm zugute, als ihn nach der Anti-Springer-Demo die Polizei jagte. Fußball spielt er immer noch jede Woche.

Ich habe Kim natürlich auch mit auf Demos genommen. Ostermärsche vor allem. Genauso natürlich hatte er auch die Schnauze voll davon. Daß er später, nachdem er bei mir ausgezogen war, allein auf Demos ging, war für mich das Größte. Ich habe natürlich versucht, Kim zum Kriegsdienstverweigerer zu erziehen. Auch das hat gehalten. Er hätte in Schweden gratis studieren können. Der Preis dafür wäre allerdings gewesen, daß er dort ein Jahr zum Militär gemußt hätte. Er hat es nicht gemacht. Kriegsspielzeug, das er geschenkt bekam, haben wir beide gemeinsam mit spitzen Fingern in den Müll geworfen. Es passierte schon mal, daß es ihm leid tat, aber er hat nicht gemotzt.

Wir haben auch sehr schöne Jahre gehabt. Wenn Leute mich fragten, ob das nicht anstrengend sei, die Arbeit, die miserable ökonomische Situation und dann noch ein Kind, da wußte ich gar nicht, wovon sie sprachen. Für mich war es schön, mit Kim zusammenzuleben. Es war selbstverständlich für mich, daß man den Haushalt gemeinsam macht oder gar nicht. Wobei Kim auch das viel besser konnte als ich. Ich habe später von ihm kochen gelernt. Einer unserer Mitbewohner konnte wunderbar kochen, und der hat es Kim beigebracht, und Kim hat es dann wieder mir beigebracht. Kim war total auf sich selber angewiesen. Er mußte sich selbst sein Frühstück machen. Ich fand, das schadete ihm nichts. Inzwischen sehe ich bei anderen Eltern, daß sie es anders machen und daß es den Kindern gut tut, morgens schon einen Gesprächspartner zu haben. Aber ich mußte ja oft bis spät in die Nacht arbeiten, deshalb wollte ich morgens nicht früher aufstehen als unbedingt nötig. Wenn ich unterwegs war, brachte ich ihn bei Freunden unter.

Ich fand das nicht schlimm, weil ich wollte, daß er nicht nur von mir lernt. Gerade weil ich ja eine Außenseiterin bin, wollte ich, daß er auch mit normaleren Leuten zusammenkommt. Da gab es befreundete Familien, die recht bürgerlich lebten. Bei denen er dann war.
Mir ist so, als ob alles, was ich bewußt positiv für Kim einzurichten versuchte, gleichzeitig auch negative Seiten hatte. Ich habe ihm nie etwas vorgemacht. Er hat immer alles gewußt von mir. Auch von meinen Liebhabern: mit wem und wann und warum nicht mehr. Die Kräche konnte er ja auch nicht überhören. Ich habe immer die Eltern verachtet, die so scheinheilig waren, die Frauen, die die Madonna gemimt haben. Und die Kinder bedauert, die dann erst als Erwachsene dahinter kamen, daß die Eltern auch Menschen sind.
Aber Kim fühlte sich wegen meiner Liebesverhältnisse wie ein betrogener Liebhaber. Gerade weil ich mich eine Zeitlang nur auf ihn konzentriert hatte und wir zunächst auch in einem Bett schliefen. Und dann hatte ich plötzlich einen Liebhaber und teilte mit dem mein Bett. Für Kim muß das schlimm gewesen sein. Aber ich glaubte damals, er würde sich freuen, wenn ich verliebt war.
Diese Zeit muß für ihn sehr schwer gewesen sein. Er hat ja gesehen, daß das auch für mich nicht so glückliche Geschichten waren. Ich weiß nicht, ob er Angst hatte, mich dadurch zu verlieren. Ich habe versucht, ihm diese Angst zu nehmen, und ihm erklärt, daß ich ihn am meisten liebe und daß das sich nicht ändern wird, niemals. Daß meine Liebe zu ihm durch keinen anderen Mann weniger wird und daß meine Liebe zu Männern eine andere Art von Liebe ist. Daß er später auch in dieser Art lieben würde.
Zuerst war ich für ihn die starke, die fröhliche Mutter, die jeden Tag mit ihm lachte. Später war ich für ihn die schwache Mutter, die jeden Tag weinte, weil so viele Rechnungen kamen, die sie nicht bezahlen konnte. Eine von den vielen Situa-

tionen, die ich befürchtet hatte, war eingetreten. Ich konnte zwar selbst hungern, aber meinen Sohn nicht hungern lassen. In der Zeit habe ich Schecks gefälscht, nur um unsere Lebensmittel bezahlen zu können. Da hat Kim die Demütigungen mitgekriegt, beim Gemüsemann, beim Fleischer und beim Bäcker, mit ihren Anmahnungen vor den anderen Kunden. Die Geborgenheit, Ruhe und Ordnung, die Kinder brauchen, konnte mein Sohn nicht bei mir finden. Er hat nichts als Chaos bei mir erlebt.

Aber er hat auch erlebt, daß ich zuverlässig bin. Es hat ihn beruhigt, daß er mir glauben konnte.

Ich habe mit ihm seine Zeugnisse gefeiert, zweimal im Jahr. Für die guten Noten eine Feier und für die schlechten Noten eine Feier zum Trost. Damals hatten wir drei Restaurants. Die Chinesen Colonnaden und Bremer Reihe und das Vegetarische in den Alsterarkaden. Kimmi hatte natürlich die Auswahl. Er brauchte nie Angst vor seinen Zeugnissen haben. Aber ausgerechnet ich, die ich meinen Sohn ohne Angst aufwachsen lassen wollte, hatte fürchterliche Existenzängste. Ich wußte ja meistens nicht, wie ich die Miete und das notwendige Geld zum Essen aufbringen sollte. Über Jahre.

Kim hat gleichzeitig gesehen, in welcher Ordnung andere lebten. Er hat später aber auch erkannt, daß die Eltern seiner Freundinnen unehrlich und wenig liebevoll miteinander lebten, er hat die Fassade dieser Bürgerlichkeit durchschaut. Aber sie war lange Zeit sein Ideal.

Ich staune, wenn ich jetzt diesen Kinderboom der Linken sehe. Ich habe immer sofort, wenn ich von Schwangerschaften in meinem Freundeskreis erfuhr, Ärzte empfohlen, die abtreiben. Ich habe auch Kolumnen geschrieben für Abtreibung und für Selbstanzeigen. Ich gehöre zu den ersten Selbstanzeigerinnen. Ich glaube aber, es ist wieder Mode geworden, Kinder zu kriegen. So wie es Mode war, sich dazu zu bekennen, aus Verantwortung kinderlos zu bleiben.

Ich weiß nicht, wie der Mensch beschaffen sein müßte, um in der Lage zu sein, selbst einen neuen Menschen zu formen. Ich dachte immer, entweder wird das Kind so, wie ich mir einen Menschen wünsche, und dann wird es nicht existenzfähig sein in dieser Gesellschaft. Oder es wird ein Kind, das gut in dieser Gesellschaft überlebt, indem es sich anpaßt, mit dem ich dann aber nichts mehr zu tun haben möchte. Ich konnte nicht in Zwischentönen denken. Wie durch ein Wunder ist Kim in der Lage, einigermaßen mit dem Leben zurechtzukommen. Ich weiß nicht, ob er glücklich ist, ich weiß nur, daß er in seinem Beruf als Psychologe glücklich ist.

Ich habe ihm vorgeschlagen, eine Therapie zu machen, um von mir freizukommen. Ich kann mir nicht vorstellen, daß das nur *mein* Leben überschattet, was da lange Jahre zwischen uns gewesen ist. Aber er will keine Therapie machen.

Kim war es immer peinlich, wenn ich soviel von ihm geschwärmt habe. Manchmal war ich wirklich euphorisch. Er sagte, all das Gute über ihn würde ich nur sagen, weil er mein Sohn ist. Aber er sagte auch zu mir: »Die Tatsache, daß du mich liebst, verpflichtet mich ja noch nicht, dich zu lieben.« Ein anderes Mal hat er mir gesagt: »Was hältst du davon, Peggy? Ich bin zu allen Menschen so, wie du es dir immer gewünscht hast, nur zu dir nicht. Wäre es dir lieber, ich wäre zu dir gut und zu anderen schlecht?«

Es stimmt, er ist so geworden, wie ich es mir gewünscht habe, nur nicht zu mir.

Mein Buch *Prozesse*, das ich mit soviel Einsatz von Kraft und Leben und Zeit gemacht habe und das auch überall gelobt wird, habe ich nur gemacht, um endlich von ihm akzeptiert zu werden. Ich habe gehört, daß es ihm ganz gut tut, wenn andere mich loben, auch ganz biedere und bürgerliche Leute das Buch akzeptabel finden. Ich bin ihm dadurch weniger peinlich als vorher.

Ich sehe es jetzt bei so vielen Frauen, die ich kenne, bei Frauen, die auch immer berufstätig waren, Karriere gemacht haben oder mit sehr viel Einsatz politisch gearbeitet haben, daß sie jetzt Kinder haben wollen, bevor es zu spät ist, bevor sie zu alt sind. Diese Angst, daß es aus ist mit dem Kinderkriegen. Ich kann diese Frauen verstehen. Ich kann mir auch vorstellen, wenn ich Kim nicht bekommen hätte, irgendwann dieses Gefühl zu haben, daß nicht mehr *ich* entscheide, ob ich ein Kind bekomme oder nicht, sondern daß die Natur mir diese Entscheidung abnimmt. Aber solange man das selber entscheiden kann, ist es anders.

Kim lernte mich kennen als eine überbeschäftigte und sehr gut verdienende Sprachlehrerin. Aber meine Situation änderte sich, als ich Kripo-Dolmetscherin und Schauspielerin war. Als Dolmetscherin habe ich auf Anforderung gearbeitet. Nachts und an Feiertagen. Diese Abhängigkeit in der Arbeit, die hat er da kennengelernt. Er hat gesehen, daß ich diese Art von Arbeit nicht verkraftete, schlaftabletten- und opiumsüchtig wurde. Weil mir diese Art Arbeit nicht gestattete, dann zu arbeiten, wenn ich kräftig war und Lust dazu hatte. Die Aufträge kamen, wenn ich mich schon krank gewartet hatte. Dreizehn Monate Entzug waren nötig. Gleich danach fing ich mit den Gerichtsreportagen für *Konkret* an.

Ich glaube, die Art meiner Arbeit hat sein Leben auch mitbeeinflußt. Kim arbeitet nicht freiberuflich, sondern in einem therapeutischen Kurheim für verhaltensauffällige Kinder. Dort arbeitet er auch intensiv mit deren Familien.

Trotzdem bestimmt er, was er macht, und ist autonom. Vielleicht ist auch dies ein Resultat unseres Zusammenlebens? Er weigert sich, Privat-Psychologe zu werden, obwohl er wesentlich mehr Geld damit verdienen könnte. Er möchte eine Arbeit machen, die jedem zugute kommt und nicht nur einer Finanzelite.

Onkel Rudi

Onkel Rudi ist knorrig, einsilbig, hilfsbereit, schmunzlig, ruppig. Sagt: »Guck mal, da oben!«, stupst einem die Nase und lacht sich schlapp. Er liebt das Leben.

Onkel Rudi und Tante Flora *Foto: Günther Schwarberg*

Seine Nummer am Arm ist 178121. Auch meine Tante Flora liebt das Leben. Sie ist klein, kulleräugig, hat dichtes schwarzes Haar. Sie ist lebhaft, fröhlich, warm, spontan und sinnenfreudig. Ihre KZ-Nummer ist 74559. Am linken Arm. Viel hübscher, viel leserlicher, liebevoller geschrieben als Rudis. Beide nicht auszuradieren. Im Sommer hören sie oft »Guck mal, wie verrückt. Die hat ihre Telefonnummer am Arm.«
Onkel Rudi wäscht für die Hamburger Jüdische Gemeinde die

jüdischen Toten und kleidet sie ein. Ehrenamtlich. Seit 30 Jahren. Er bereitet die Toten zur letzten Ruhe vor, zum Gedenken an seine Eltern und an seine fünf Geschwister, die alle von den Nazis ermordet wurden. Die große Tragödie seines Lebens. Er betreut auch die meist völlig verwirrten, unter Schock stehenden jüdischen Zeugen aus dem Ausland, die sonst ganz allein wären mit ihrem Horror. Auch das unentgeltlich.

Rudi ist am 7. August 1907 geboren. Er besuchte die jüdische Talmud Tora Schule am Grindel. Machte eine Lehre, wurde Elektriker. Das, was er um sich herum sah und begriff, Streiks und anderes mehr, führte ihn in die Arbeiterbewegung. Dort, in der jüdischen Arbeiterjugend, lernte er Flo kennen, die erst 19 war, aber schon fünf Jahre Akkordarbeit in der Bahrenfelder Sternwoll-Spinnerei hinter sich hatte. Vom Leben geschult und geformt wie er. Die beiden heirateten 1931 in der Bornplatz-Synagoge. Sie wurden vom Oberrabbiner Spitzer richtig jüdisch getraut. Obwohl beide nicht gläubig waren, taten sie das Floras schwerkrankem Vater zuliebe, der fromm und gläubig war. 1933 wanderte Rudi als Antifaschist in den Knast. 1934, als Flo im zweiten Monat schwanger war, noch mal. Wegen politischer Umtriebe. Er saß hier in Hamburg Fuhlsbüttel. Flo holte seine blutige Wäsche aus dem Knast ab.

1935 kam Berni zur Welt. Als Rudi wieder rauskam, mußte er Zwangsarbeit machen, Erdarbeiten für die Stadt Hamburg. Ohne Lohn. Das bißchen Geld, das er und Flo kriegten, nannte sich Wohlfahrt.

1938 ist Rudi abgehauen. Schwarz nach Brüssel in Belgien. Mit seinem Fahrrad und einem Freund. Briefe schreiben war nicht möglich. Ein halbes Jahr später fuhr seine kleine Familie ihm nach. Mit nur zehn Mark in der Tasche für den Fall, daß sie geschnappt würden. Schmuggler und Zöllner machten gemeinsame Sache und teilten sich das Geld der Flüchtlinge. Flo hatte nur ihr Armband. Auch das nahmen sie.

Die erste Zeit in Belgien ging einigermaßen. Als sie noch eine kleine Wohnung hatten, nahmen sie Spanienkämpfer bei sich auf. Als die Deutschen 1940 in Belgien einmarschierten, hat man schnell Juden und Politische (Rudi, der Sozialist, war ja beides), damit sie den Nazis nicht in die Hände fallen, nach Südfrankreich in ein Internierungslager verfrachtet. Doch die Deutschen marschierten auch in Frankreich ein.
Flo, die sich auch dem Widerstand angeschlossen hatte, saß nun alleine da in Brüssel, mit zwei sechsjährigen Kindern. Mit zwei, weil ihre Freundin Pepi, die Mutter des anderen Kindes, von den Deutschen umgebracht wurde. Da sie illegal lebten, hatten sie keine Lebensmittelkarten und nichts zum Heizen. Waren auf die Barmherzigkeit ihrer Nachbarn angewiesen. Flos Widerstandsgruppe flog auf. Die Kinder landeten bei Nonnen im Kloster-Versteck. Sie kam über andere Gefängnisse nach Auschwitz.
Übrigens, Rudi und Flora geben immer denen von der Heilsarmee was. Weil die, als sie nicht wußten, unter welcher Brücke sie ihren Kopf legen sollten, halfen, ohne zu fragen.
Rudi kam erst nach Auschwitz, danach nach Blechheimer, dann Buchenwald.
Nach fünf Jahren KZ trafen sich Rudi, Flora und Berni in Belgien wieder. Fünf Jahre hatten sie sich nicht gesehen und beide in der Zwischenzeit die Hölle erlebt. Sie wären damals fast auseinandergegangen. Bis sie langsam wieder ins normale Leben hineinwuchsen. Dazu verhalf ihnen die Arbeit im jüdischen Waisenhaus. Mit Kindern vom Exodus und aus den polnischen Wäldern. Die weder polnisch noch französisch sprachen. Völlig verwildert. Pyromanen, Kleptomanen, fast alle Bettnässer. Für Rudi und Flora die schönste Aufgabe bis heute, denen etwas Wärme zu geben. Als das Kinderhaus aufgelöst wurde, bekamen sie keine neue Arbeitserlaubnis in Belgien. Kamen 1951 zurück nach Deutschland. »Schreckliches Gefühl. Aber wir brauchten die Wiedergutmachung.«

Sie kriegten fünf Mark pro Hafttag. Fünf Mark für einen Tag in Auschwitz. Berni wurde nicht einmal der Schulausfall ersetzt. Alles unfaßbar! Das ist also die Wiedergutmachung, um die man uns Juden immer beneidet. Aber wäre es das Millionenfache, es wäre immer noch keine. Bei Rudi sind Lunge, Herz und Nase kaputt. Aber er sagt nie, was ihn quält. Bei Flo mußte eine Niere raus, Lunge und Herz sind kaputt, und sie hat ein ständiges Sausen im Kopf. Ein zweites Kind konnten sie nie bekommen. Denn bei Flo mußte eine Totaloperation gemacht werden, weil sie in Auschwitz Spritzen in die Geschlechtsteile bekommen hatte.
Beide mußten immer schuften. Sie hatten eine kleine Wäscherei im Karolinenviertel. Und als sie das gesundheitlich nicht mehr schafften, einen kleinen Stand auf dem Markt. Über das, was Rudi in den Lagern erlebte, hat er nie gesprochen. Nicht mal mit Flora. Obwohl sie ihn anfangs noch viel fragte. Nie hat er geantwortet. Rudi wurde nach dem Krieg einstimmig von Ex-Häftlingen gewählt, als einer mit sauberer Weste für Spenden- und Kleiderverteilungen gesucht wurde. Dadurch wußte Flo, daß er nie etwas Unsauberes im KZ gemacht hatte. Immer er selbst geblieben war. Flo findet das zwar selbstverständlich, aber es macht sie trotzdem glücklich.
Rudi ist nicht nur mein Verwandter, er ist auch mein Wahlverwandter. Er ist kein Vaterersatz, sondern mein zuverlässiger, glaubwürdiger Freund und Genosse.
Sie haben auch deutsche Freunde. Allerdings nur solche, die sie von früher her kennen. Das heißt, das stimmt seit einigen Jahren nicht mehr. Sie haben jetzt auch sehr viele junge deutsche Freunde. Rudis Hilfsbereitschaft für alle nimmt auch alle für ihn ein. Die linken Wohngemeinschaften im Haus lieben ihn. Rudi ist nicht ein Mann, der nur nach hinten schaut. Er ist ein Mann, der die Vergangenheit dazu benutzt, den Kampf mit der Gegenwart aufzunehmen. Seit vielen Jahren treffe ich ihn auf allen Demos. Überall da, wo er sich mit anderen für

Frieden und Gerechtigkeit einsetzt. Auf Ostermärschen, bei Diskussionen, Debatten, Vorträgen. Er wehrt sich gegen Polizeiwillkür, AKWs, Volkszählungen und Arbeitslosigkeit und kämpft für die Anerkennung aller Nazi-Opfer. Er fährt auch mehrfach im Jahr an Gedenktagen in die KZs. Wie er das aushält, weiß ich nicht.
Rudi, der alles in sich reinfrißt, hat sich einmal geöffnet, um Wolf Biermann mit seinen Erinnerungen zu beschenken. Wir saßen bei Wolf in der Küche, und Rudi erzählte. Zehn Stunden ohne Pause. Denn Wolfs Vater Dagobert, der 1943 in Auschwitz umgebracht wurde, und Rudi waren Genossen. Hatten den gleichen Werdegang. Beide stammten aus der jüdischen Talmud Tora Schule. Kamen beide von dem ihnen vorgezeichneten Weg ab, als sie Kommunisten wurden. Waren gemeinsam in der Arbeiterbewegung und gemeinsam im Widerstand. Rudi ist jetzt der einzige Mensch, der von Dagobert Biermann aus der Zeit zu erzählen weiß, bevor Wolfs Mutter Emma ihn kennenlernte. Er kannte ihn am längsten.
Wolf sagt: »Es ist eine Ehre für mich, Rudi an seinem Geburtstag ein Ständchen zu bringen.«
Rudi und Flora halten sich für glücklich. Ja, sie sind glücklich. 55 Jahre Ehe, Liebe und sehr viel Hochachtung voreinander. Und sie lieben sich mehr und mehr. Drei Enkelkinder bedeuten für sie neues Leben. Flora malt, um sich von ihren Erinnerungen abzulenken. Rudi diskutiert mit seinen jungen Freunden. Offen über alles. Vor allem über die NS-Verbrechen und Faschismus überhaupt. Mahnt immer wieder: »Ihr müßt wach sein, Hände nicht in den Schoß. Es gibt viel zu tun.«
Jetzt hat er an einem Kinderbuch mitgearbeitet. Ein Buch, in dem auch ein Bild von ihm ist: schmunzelnd, mit seiner großen Zigarre im Mund. Das Buch heißt *Das Kind im Koffer*. Handelt von einem kleinen jüdischen Jungen, dem im KZ Buchenwald von erwachsenen Häftlingen das Leben gerettet wird. Eine Zusammenarbeit zwischen ihm, den Erziehern des

Kinderhaus Heinrichstraße und Kindern. Er ist sicher, daß Aufklärung spätestens bei Sechsjährigen anfangen muß.
Wir sind nicht gläubig. Woher auch. Feiern aber in den letzten Jahren oft Schabbes zusammen. Freitag abends in den Sabbat hinein. Bei gutem Essen und viel Gelächter. Flo kocht herrlich. Und ich fühl mich dann bei Rudi und ihr sehr zu Hause.
Rudi liest wahnsinnig viel. Politische Zeitschriften, Bücher, und Artikel sowieso. Von Flugblättern ganz zu schweigen. Aber vor allem liebt er Krimis, kurze und lange. Ich kenne auch niemanden, der so lange, so viel und interessiert überall in der Stadt rumläuft wie Rudi. Es gibt nichts, was er nicht mitkriegt. Er lebt viel offener als irgend jemand, den ich sonst kenne.
Rudi ist in seiner Stille und Bescheidenheit, sich nie in den Vordergrund drängend, ein ganz großer Mensch. Das sagt seine Flora. Das sage ich. Und das sagt jeder, der ihn kennt.
Sei von uns allen umarmt, lieber Rudi. Auf daß Du 120 wirst!

Barbie in Bolivien

Barbie hat lebenslänglich gekriegt. In Anbetracht seines Alters, der Mann ist jetzt 74, ist das nicht sehr lange. Und gemessen an seinen Taten erst recht nicht.
Barbie hat ein erstaunlich feines Gesicht und schöne Augen. Aber auch gröber Aussehenden steht selten auf der Stirn geschrieben, was sie auf dem Kerbholz haben. Wie gut, wenn man so etwas auf Anhieb erkennen könnte.
Barbie ist nicht der einzige seines Schlages. Er paßt hervorragend in jede Diktatur. Er war genau das, was die Nazis brauchten. Diszipliniert, tüchtig und skrupellos. Als Verhörspezialist, Folterer, Mörder. Als Gestapo-Chef von Lyon unvergessen. Er jagt Widerstandskämpfer, Juden, Homosexuelle, radiert in Frankreich ganze Dörfer aus, quält den Helden des französischen Widerstands, Jean Moulin, zu Tode. 1944 läßt Barbie das jüdische Kinderheim in Izieu überfallen, 41 Kinder und zehn Erwachsene werden nach Auschwitz verfrachtet.
Er, der Lehrersohn, ist Hauptsturmführer, als der Krieg zu Ende geht. Den Rang muß er zwar verleugnen, aber damit steht er nicht allein da. In Deutschland gibt es viele, die gut zu ihm passen. Mit einigen von ihnen baut er eine Naziorganisation auf und wird einer ihrer führenden Köpfe.
Schon 1947 weiß der US-Geheimdienst CIC ihn zu schätzen. Barbie bewährt sich besonders als Agent gegen Kommunisten und KPD. Als Frankreich 1950 seine unverzügliche Auslieferung fordert, hilft das CIC ihm, in Südamerika unterzutauchen. Sein neuer Name: Klaus Altmann. Sinnigerweise wird er dort erst mal Verwalter in dem Sägewerk eines deutschstämmigen Juden. Am 16. Mai 1947 und am 25. November 1954 noch mal wird er in Frankreich in Abwesenheit zum Tode verurteilt. Das kann dem Guten nichts anhaben. Er lebt nicht

schlecht. Am 7. Oktober 1957 wird er bolivianischer Staatsbürger. Mischt dankbar weiter in allen Schmuddelgeschäften mit. Beteiligt sich 1964 am Militärputsch des Generals Barrientos, wird Geschäftsführer der Schiffahrtsgesellschaft Transmarítima Boliviana und betrügt das Volk um Millionen. Eigentlich egal, wenn man bedenkt, was er sonst so getrieben hat. Mit einem Diplomatenpaß reist Barbie unbehelligt viel herum. Auch in die BRD. Die US-Geheimdienste stehen ihm weiter zur Seite, als er zur Vorbereitung des Sturzes einer linksorientierten Regierung mit Waffen handelt. 1971 ist er ganz oben, dank Banzers Staatsstreich. Er wird Regierungsberater für Aufstandsbekämpfung gegen Che Guevaras Guerilla.

Zur gleichen Zeit fängt Beate und Serge Klarsfelds Jagd auf ihn an. Beate reist mehrfach in die BRD, um die hiesige Staatsanwaltschaft zu zwingen, das eingestellte Verfahren gegen Barbie wiederaufzunehmen. Sie reist auch mit Opfern Barbies nach Südamerika, wird mehrfach festgenommen, gibt nicht auf. Die Klarsfelds bringen den Fall in die Weltpresse. Der Falschname Altmann wird enttarnt. Barbie wird wie immer von einflußreichen Kumpanen gedeckt. Er läßt es sich jetzt im Kokaingeschäft gutgehen.

1972 planen die Klarsfelds, Debray und der Journalist Gustavo Sánchez Barbies Entführung – müssen den Plan aber leider in letzter Minute aufgeben. 1978 baut Barbie nimmermüde – mit dem Neonazi Fiebelkorn zusammen – die Terrorgruppe »Verlobte des Todes« auf. Wem wohl der Name eingefallen ist? Die beiden sind am Putsch des Generals Meza beteiligt und werden zum Dank von der neuen Regierung angestellt. Nun kann Barbie wieder zeigen, was er gelernt hat. Er nimmt an mehreren Massakern teil und berät das bolivianische Militär.

Endlich, endlich – 1983 wird er nach vielen kleinen und großen Tricks der Fahnder auf Umwegen nach Frankreich geschafft. Und dort, nicht zufällig, nach Lyon. Ob er, der Schlächter von Lyon, sich da wohl wieder an einiges erinnert?

Barbie wird's jetzt sicher leidtun, daß er sich nicht freiwillig in der BRD stellte. Hier wäre man nicht so rüde mit ihm umgesprungen. Nur Beihilfe zum Mord wäre in Frage gekommen. Und die würde mit etwas Geschick vielleicht nicht als erwiesen gelten. Wenn doch, hätte wahrscheinlich eine von einem Freund attestierte angegriffene Gesundheit ihm die Freiheit erhalten.

Auch Leute, die nicht so weit vom Schuß waren wie Barbie, hatten nicht gerade einen frühen Prozeß zu befürchten. Denn die NS-Prozesse wurden von Haus aus immer verschleppt, nach Tätern bis heute nie per Fahndungsplakat gefahndet, nie ein Suchfoto veröffentlicht. Dementsprechend wenige wurden gefunden, noch weniger angeklagt und die allerwenigsten verurteilt. Die meisten Massenmörder kamen erst als für die Bevölkerung mitleiderregende Mummelgreise dran. Wenn überhaupt. Kein mörderischer, verbrecherischer, arschkriechender Richter aus der Nazizeit ist jemals zur Rechenschaft gezogen worden. Ganz im Gegenteil, sie konnten auch nach dem Krieg ihre Täterschaft fortsetzen, Urteile sprechen und unter Adenauer weiter Kommunisten verfolgen und einsperren. Dieses Justizgesindel vergalt Gutes mit Gutem, half den Kumpanen innerhalb und außerhalb des Gerichts. Sympathisanten hatten sie reichlich.

Die Auschwitztäter sind fast alle, obwohl die unvorstellbarsten Dinge in dem langen Prozeß gegen sie an den Tag kamen, auf freiem Fuß. Der Majdanekprozeß dauerte fünf Jahre. Auch da saßen Bestien in Menschengestalt und gähnten den zerquälten Zeugen ins Gesicht, lasen die Bild-Zeitung und lösten Kreuzworträtsel während der Verhandlung. Hermine Ryan, die »Stute« genannt, weil sie immer mit ihren eisenbeschlagenen Stiefeln trat, hatte ihren um sie bangenden, an sie glaubenden amerikanischen Ehemann zur Seite. Und der geschwüresäten »Blutigen Brygida« drückte ein ganzes Dorf die Daumen. All diesen Monstern halten immer die Familien, Frauen, Kin-

der, Freunde die Treue. Das hat mich immer wieder gewundert. Die Urteile im Majdanekprozeß, angeblich im Namen des Volkes, lauten: einmal lebenslänglich, einmal zwölf Jahre, einmal zehn, einmal acht, einmal sechs, einmal vier, einmal dreieinhalb, einmal drei, einmal zwei, einmal frei. Eine Verhöhnung der Opfer. Jetzt häkelt die Brygida Wollpüppchen im Knast und ist auch dort der Liebling.
Es gab auch den Volljuristen Dr. jur. Hahn, den Henker von Warschau. Er war auf freiem Fuß während seines ganzen Prozesses, so wie die Angeklagten der Auschwitz- und Majdanekprozesse auch. 900 000 Menschen sind auf seine Veranlassung umgebracht worden. Die verzweifelten Zeugen konnten nicht fassen, daß sie ihm auch vor dem Saal, in den Gängen, auf der Treppe, in der Gerichtskantine und auf der Straße begegnen mußten. Hahn wurde zu zwölf Jahren verurteilt. Da er Haftverschonung bekam, konnte er wie sonst auch nach Hause gehen. 1975 war er noch mal dran, wegen anderer Taten – gemeinschaftlichen Mordes an mindestens 230 000 Menschen. Diesmal mußte er zwar ins Gefängnis, durfte aber als privilegierter Gefangener das Knastarchiv leiten. Er kriegte Blasenkrebs und ein Bein ab. Gräßliche Krankheiten, die man eigentlich niemandem wünscht. Bei ihm hörte ich es gern.
Es gibt keine adäquate Strafe. Jede Strafe, auch lebenslänglich, selbst die Todesstrafe – und wenn man die Täter durch den Fleischwolf drehen würde – kann da nur Symbolcharakter haben. Verrückt vor Gram und Reue, das wäre vielleicht was. Nur, diese Leute bereuen nichts. Sie sind es nie, die vor Gericht zerbrechen, sondern die Zeugen, in denen alles wieder hochkommt.
Bei uns laufen Verhandlungen anders als in Lyon. Hier darf nicht geweint, hier darf nicht geschluchzt werden. Ausbrüche, Emotionen jeder Art sind unerwünscht. Kommen einem Zeugen aufgrund der Erinnerungen die Tränen, wird sofort unterbrochen. Bei den Angeklagten sind Gefühle sowieso nicht zu

befürchten. Alles wird versachlicht. Die Fragen nach Knopfgrößen, Dienstgraden, Personenzahlen, Daten – alles wird ernster verhandelt und wichtiger genommen als die Erinnerung an zerfleischende Hunde, Ertränken in Salzsäurebottichen, Erschießen, Erhängen, Erschlagen, Totpeitschen, Zertrampeln, Verbrennen, Vergasen geliebter Menschen. »Ja, wenn Sie nicht mehr wissen, wie viele Knöpfe seine Uniform hatte und wie die angebracht waren, woher wollen Sie dann so genau wissen, daß er Ihre Mutter erschlug?«

In Lyon erzählte eine Zeugin mit tränenerstickter Stimme, wie sie irgendwann in Ravensbrück ganz zufällig ihren Vater von weitem sah. Einer der Wächter bemerkte ihre Aufregung. »So, das ist dein Vater! Ich hol ihn, damit du ihn küssen kannst.« Er holte ihn, zwang ihn niederzuknien und streckte ihn vor den Augen der Tochter mit einem Kopfschuß nieder.

Es wäre schön, wenn es nur den Barbie gegeben hätte. Wenn er ein einzelner Perverser wäre. Dann könnte man sagen: »Der war's, und nun weg mit ihm! Wenn der seine Strafe hat, ist alles bestens.« Aber es gab viele Barbies. Und diese vielen konnten und können nur wüten im Schutze und mit der Hilfe anderer. Was wäre ein Hitler ohne Helfer und Helfershelfer gewesen? Ohne die Hilfe von Justiz, Wissenschaft, Industrie und anderen Ländern.

Wenn die Vergangenheit nichts mehr zu tun hätte mit der Gegenwart, könnte man sie vielleicht vergessen. Auch bei uns in der BRD ist alles unerledigt. Sinti und Roma, Kommunisten, Widerstandskämpfer und Schwule zählen nicht als Opfer des Faschismus. Das, was sich so Wiedergutmachung nennt, ist natürlich keine. Man stelle sich vor: fünf Mark pro Tag Haftentschädigung. Fünf Mark für einen Tag in Auschwitz, in Buchenwald oder Majdanek. Ist das nicht ein trauriger Witz? Aber nicht mal das bißchen Geld steht bis heute den obengenannten Opfern zu.

Barbie hatte einen ungewöhnlichen Verteidiger, der jetzt im

ganzen Land beschimpft wird: Maître Jacques Vergès, der eine eigene Geschichte wert wäre. Er, Angehöriger der Résistance, er, der algerische Freiheitskämpfer verteidigte, wollte durch den Barbie-Prozeß »Frankreich die Schamröte ins Gesicht treiben«. Das ist ihm nicht gelungen. Denn auch die Franzosen bekennen sich nicht gern schuldig, scheinen Pétain und die Vichy-Regierung vergessen zu haben. Ich finde wie er, daß Frankreich auch auf die Anklagebank gehört. Und etliche Länder mehr, ohne die die Nazis nichts geworden wären. Sich in fremden Ländern ausbreiten, durchgreifen, foltern, morden und deportieren konnten sie nur mit Hilfe eifriger Denunzianten und williger Kollaborateure. Ich finde schon, daß es allerhöchste Zeit ist, auch all das zu untersuchen.

Die Mitschuld der Schweiz wurde in dem Film »Das Boot ist voll« endlich öffentlich gemacht. Wie viele Juden hätten sich wohl retten können, wenn die Welt bereit gewesen wäre, sie aufzunehmen? Sie haben doch alle die Bremse gezogen, auch das Land der angeblich unbegrenzten Möglichkeiten, die USA. Und Stalins Todeslager für kritische, aufrechte Kommunisten waren wohl auch kein Mittel gegen den Faschismus. Das und anderes mehr verringert natürlich nicht die Schuld eines Barbie.

Doch wenn von Barbies Schuld die Rede ist, denkt man nur an seine Verbrechen, während des Zweiten Weltkrieges. Doch danach, seit 1945, hatten wir nicht ein einziges Jahr ohne Krieg, ohne Massenmord, ohne hunderttausendfachen Hungertod. Ob das nun Pol Pot in Kambodscha, Idi Amin in Uganda, Marcos auf den Philippinen, die Franzosen in Algerien, die Amerikaner in Vietnam, die Russen in Afghanistan und auch die Israelis im Libanon waren. Chile, Argentinien, Paraguay, Südafrika, Iran und wie die Länder alle heißen.

Alle brauchen sie – und alle haben sie – Männer wie Barbie. Wahrscheinlich auch Le Pen, der französische Faschist auf dem Vormarsch.

Jenninger

Ida Ehres brennende Rezitation von Paul Celans Todesfuge hab ich im Fernsehen gehört. Tief erschüttert. Anschließend Jenningers Rede. Mir kam keine Sekunde der Gedanke, daß Ida Ehre aus Entsetzen über Jenninger ihre Hände vors Gesicht hielt und weinte, wie viele Bildunterschriften in den Zeitungen es glauben machen wollen. Auch als abends Kollegen sagten, es habe einen großen Skandal gegeben, brachte ich das nicht mit Jenninger in Zusammenhang.
Anlaß für Skandale gibt es ja hier genug. Ich fand Jenningers Rede ehrlich, wenn auch nicht so geschickt, wie das ganze Geheuchel landauf, landab. 50jähriges Pogromnacht-Jubiläum. Und für viele, die sich damals bei den Juden satt bedient haben, 50jähriges Firmen-Jubiläum. Man soll die Feste feiern, wie sie fallen, und hier feierten Hinz und Kunz. Schwülstige Reden, bebende Stimmen. Für mich wurden die Redner dadurch nicht glaubwürdiger. Zum Glück hielten auch VVN, Juden wie Arie Goral und ehemalige KZler, die wußten wovon sie sprachen, Veranstaltungen ab – in bescheidenerem Rahmen natürlich. Aufklärung tut Not. Aber so, sich überschneidend und einander ins Gehege kommend, ist es wie bei großen Geburtstagen; zahllose teure Blumensträuße, die nach drei Tagen welk, weggeworfen und vergessen sind. Da wünsch ich mir auch lieber ein Jahresabonnement.
Jenninger war ungeschickt – so what? Ach so. Ganz Deutschland, ja die ganze Welt guckte auf ihn? Ja, wohin hat denn ganz Deutschland, die ganze Welt, vorher die ganzen Jahre nach 1945 geguckt? Als das ganze Nazi-Gesocks in hohen Positionen blieb und auch den Nachwuchs ausbildete? In den verschiedenen Regierungen, in der Justiz, im Verfassungsschutz, in der Bundeswehr, an den Schulen und Hochschulen, als Chef-

ärzte, in der Wirtschaft, sogar im Wiedergutmachungsgremium? In der Großindustrie, da wo aus Millionären Milliardäre wurden, sowieso. Da, wo die Sklavenarbeit von Juden, Widerstandskämpfern und anderen KZlern heute noch Früchte trägt und der Waffenhandel blüht.
Es gibt so viele Halunken, die diese ganzen Jahre uns und unser Leben bestimmt haben. Unter Adenauer liefen die Massenmörder frei herum. Kommunisten warf man ins Gefängnis. Sinti und Roma, Schwulen, Zwangssterilisierten und anderen verweigert man bis heute sogar die lächerliche sogenannte »Wiedergutmachung«. Widerstandskämpfer versuchte man gar nicht erst zu »entschädigen«. Begründung: »Die meisten waren Kommunisten. Die waren doch nur aus eigenen politischen Interessen im Widerstand.«
Und nun, nach Jenningers Rede, ging ein Schrei der Empörung durch alle Parteien. Weil er, »ausgerechnet an diesem Tag«, wie es heißt, seine Rede so und nicht anders hielt. Daß man sonst weniger empört ist, wird wohl seine Gründe haben. Jenninger mußte gehen. Freund und Feind bescheinigen ihm inzwischen eine hohe Integrität.
Strauß durfte bleiben, bis er tiefbetrauert starb. Zimmermann wird von niemandem aus seiner Macht- und Einfluß-Position herausgeprügelt. Die vielen anderen auch nicht. Von einem harmlosen Jenninger trennt man sich leichter.

Todesschuß

Die BRD - ein Land ohne Todesstrafe? Von wegen. Nur ein Land ohne Todesstrafe mit vorangehender Verhandlung. Kein Prozeß, keine Verteidigung. Dafür aber Polizisten als Richter. Oder dafür Polizisten als Schnellrichter. Polizisten haben schon immer geschossen - dazu verführen Waffen nun mal. Bestraft wurden sie nicht mal, wenn sie Jugendliche durch Schüsse in den Rücken umbrachten. Es ließ sich immer ein Widerstand gegen die Staatsgewalt konstruieren, und wenn nicht, war es eben Putativnotwehr. Das heißt, daß der Polizist schießt, weil er meint, er könnte vielleicht angegriffen werden. Das klappte immer schon, auch ohne Legalisierung. Was wird denn jetzt erst alles klappen, da kein Bürger mehr von Unrecht sprechen kann, da ab jetzt jeder Mord von Staats wegen rechtens und Gesetz sein soll. Schüsse die daneben gehen und Unbeteiligte treffen, kalkuliert man ein.

Wie günstig. Da muß die Polizei, die auch sonst gerne den Kopf traf, wenn sie auf die Füße zielte, nicht mal mehr pro forma woanders hinzielen. Dann muß die Waffe nicht mehr beim Aufsetzen auf den Hinterkopf von alleine losgehen. Der schießwütige Polizist muß sich um gar keine Ausrede-Erklärung mehr bemühen. Das Gesetz deckt ihn noch gründlicher als bisher.

Wir sollen darauf vertrauen, daß Polizisten besonnen handeln? Warum denn das? In mir sträubt sich alles, wenn ich Todesschuß höre. Jetzt, da ich weiß, wieviele Polizisten die Republikaner wählen und stützen, erst recht. Also Polizei-Republikaner, reichlich mit Waffen versehen. Das beunruhigt mich von Haus aus. Aber jetzt mit dem neuen Gesetz im Rücken – na danke. Wie geschaffen für Demos gegen rechts. Gerade richtig vor der Räumung einer Hafenstraße zum Beispiel. Oder

bei Ausweisung sich sträubender Asylanten. Überall da einsetzbar, wo sich jemand gegen Ungerechtigkeit wehrt.
Wir haben also keine Todesstrafe, aber den finalen Todesschuß. Welch ein tödlicher Schwindel.
Da beklagen wir noch, zu Recht, daß der Widerstand zwischen 1933 und 1945 so schwach war. Daß nicht gebremst wurde, als es noch möglich gewesen wäre. Dann dürfen wir uns jetzt nicht einfach überrollen lassen von Gesetzen, die Mord sind – zum Schluß gegen jeden, der aufmuckt. Alles dann nur eine Frage der Zeit. Die Atomlobby und andere Unholde werden's danken.
Widerstandskämpfer werden geehrt, wenn sie tot sind. Und wenn sowieso alles ganz lange her gewesen ist, legen Politiker Kränze. Wir sind Widerstandskämpfer, jetzt.

Soldatin?

Luc Jochimsen: Um mal anzufangen: Du bist für Frieden, ich bin für Frieden. Ich glaub, so weit gibt's keinen Streit. Es gibt nur einen Streit um die Methode: Wie kommen wir dahin, bzw. welche Rolle können Frauen eigentlich spielen, um den tödlichen Militarismus, den die Männer auf der ganzen Welt spielen, abzubauen und um irgendwo Kriege zu verhindern, Kriegsgefahren zu verhindern? Darum geht's doch.
Peggy Parnass: Das heißt, wie führt man einen Friedenskampf?
Luc: Richtig! Da sagst du natürlich schon eine sehr schöne Vokabel. Du sagst nämlich Friedenskampf, d. h., es ist eigentlich ein Widerspruch in sich selbst. Frieden geht nicht ohne was eigentlich sehr Offensives und Militantes. Ich denke, wenn wir uns die Geschichte angucken, zeigt die ganz klar: Männer kämpfen, Männer entwickeln Waffen, Männer steigern das Kriegsgeschäft in immer mörderischere, immer unvorstellbarere Dimensionen. Frauen sind entweder stumm und schweigen oder diejenigen, die protestieren, protestieren, indem sie Appelle an die Männer richten, indem sie auf die Straße gehen, indem sie sagen, ich will das nicht mehr, wir wollen das nicht mehr, indem sie klagen, indem sie beklagen: den Tod ihrer Männer, ihrer Söhne, ihrer Väter. Und das hat die Frauen zu überhaupt nichts gebracht in all den tausend Jahren, in denen sie nur diese passive Strategie betrieben haben.
Peggy: Das seh ich völlig anders: Erstens ist es bei den einen nicht nur ein Be-Klagen, sondern ein An-Klagen. Das ist ein Unterschied. Ein Beklagen, heißt ein Hinterherweinen, das ja auch begründet und berechtigt genug ist. Aber eine Anklage ist eine absolut neue Dimension. Man nimmt etwas nicht mehr hin. Ein Beklagen heißt auch, daß man auf die Knie fällt

und weinend fragt: »Warum, mein Gott, warum?« Inzwischen wissen die meisten Frauen, warum, und sagen: so nicht!

Luc: Die Tatsache, daß der Mann seit Tausenden von Jahren der Frau nicht gestattet, die Waffe in die Hand zu nehmen, jetzt mal im großen Bogen, von gewissen Ausnahmen wie z. B. revolutionären Situationen abgesehen, ist für mich der Schlüssel erstens ihrer Unterdrückung und folgerichtig aus ihrer Unterdrückung heraus auch der Weg in das Männer- und Kriegsgeschäft. Das hat auch was mit Penis zu tun, das hat auch was mit Sex zu tun. Solange sie die Waffe nicht in die Hand kriegt, hat sie nichts in der Hand, im wahrsten Sinne des Wortes, um diese Männer wirklich zur Räson zu bringen.

Peggy: Was würdest du mit der Waffe in der Hand machen? Gegen *wen* richten?

Luc: Also: Ich plädiere ja dafür, daß Frauen in der Bundesrepublik, um jetzt mal ganz konkret zu werden, darauf bestehen, wehrpflichtig zu werden, die Wehrpflicht zu bekommen. Ich könnte mir vorstellen, daß das eine neue Dimension von Widerstand und Friedenskampf wäre: wenn eben Frauen zu 90 Prozent Kriegsdienstverweigerer wären. Ich halte das überhaupt nicht für unlogisch oder für absurd oder grotesk. Wenn du mal sagst, man ist eben für die Wehrpflicht für Männer und für Frauen und gleichzeitig hinzufügst: Ich als Frau würde selbstverständlich von meinem Recht auf Wehrdienstverweigerung Gebrauch machen. Ich halte das nicht für unlogisch.

Peggy: Ich halte das aber für eine Illusion, für eine absolute Illusion. Also, ich möchte keinen Wehrdienst, weder für Männer, noch für Frauen.

Luc: Man muß dahinterkommen, was können wir für Strategien entwickeln, um die Wehrpflicht für Männer und Frauen abzuschaffen. Wir müssen dahinterkommen, was können Frauen tun, um auf Abrüstungskonferenzen zu kommen. Schau dir mal Abrüstungskonferenzen an: Männer, Männer, Männer! Alles in der Hand der Männer.

Peggy: Ja. Aber da kämst du doch nicht raus, wenn du als Soldatin in der Bundeswehr wärst?
Luc: Doch!
Peggy: Da wirst du doch nicht auf einen Widerstand vorbereitet. Du lernst da doch nicht, Widerstand zu üben. Du lernst, noch weiter gehorsam zu sein! Das ist alles.
Luc: Nein.
Peggy: Doch. Nichts anderes. Zu nichts anderem ist eine Kaserne gut als zum Gehorsam: den ein für allemal einzupflanzen. Die Leute noch verkrüppelter zu machen. Schon weit vor einem Krieg.
Luc: Das wären *Frauen* in den Kasernen, überleg dir das mal gut, Frauen in den Kasernen!
Peggy: Revolutionäre Frauen in den Kasernen würden die Waffen, die sie da in die Pfoten kriegen, nehmen und ihre Vorgesetzten abknallen. So gehört sich's. Aber das würden Durchschnittsfrauen nicht machen. Im Gegenteil: Sie würden spuren, noch besser als die Männer. Weil es schwieriger ist für eine Frau, den Aufstieg zu schaffen, und Frauen sind nicht weniger ehrgeizig als Männer. Sie werden also noch gehorsamer und angepaßter. Vielleicht auch noch ein bißchen koketter, um den Aufstieg zu schaffen ...
Luc: Das halt ich für kein sehr gutes Argument. Aus folgenden Gründen: Es erinnert mich zu sehr an die Diskussion um das Wahlrecht für Frauen im vorigen Jahrhundert. Da hieß es auch: Wieso sollen wir den Frauen eigentlich das Wahlrecht geben? Wir hoffen darauf, daß die Frauen progressiv, sozialistisch, aufklärerisch stimmen werden. Aber denk doch mal, daß es unheimlich viele Frauen gibt, die werden klerikal und reaktionär stimmen und sich sozusagen gegen ihre eigenen Interessen wehren. Dennoch ist das doch im Kern kein Argument gegen das Wahlrecht der Frauen. Oder es ist kein Argument dafür zu sagen, die Frauen sollen nicht wählen.

Peggy: Doch nicht gegen das Wahlrecht! Wahlrecht! Du kannst doch nicht das Wahlrecht, ein Recht, vergleichen mit einem großen Verbrechen. Das Recht auf Mord kannst du doch nicht vergleichen mit dem Recht auf Wahl! Wo siehst du da denn eine Verbindung? Ich versteh dich da nicht.
Luc: Das ist nicht das Recht auf Mord. Das ist die Pflicht, sich nicht ausschließen zu lassen aus dem mörderischen Bereich, der ja mit der Kraft der Frauen passiert.
Peggy: Ich muß dir noch ein paar Dinge sagen ... Allein dies zu sagen: Frauen! *Frauen* pauschal, bin ich nur bereit zu sagen in dem Moment, wo es heißt: Frauen nicht in die Bundeswehr! Weil ich will, daß keine reingeht! Aber ich bin nicht bereit zu sagen: *Frauen,* wenn es dadurch so aussieht, als wären Frauen an sich alle gleich. Politisch gleich. Ich hab Frauen gesehen, die haben sich heiß gejubelt um den Strauß. Sie haben sich fast, an der Seite ihrer Männer, um den Verstand gejubelt, sollten sie überhaupt einen gehabt haben. Während der großen Frauen-Friedenswoche in Kopenhagen sind Ordnerinnen eingesetzt worden. Die haben Friedens-Frauen niedergeknüppelt. Und nicht weniger energisch als Männer. Was heißt da Frauen? Für mich geht es nur darum, einen vielleicht vergeblichen, aber immerhin den Versuch zu machen, Kriege und Wahnsinn aufzuhalten, wenn es geht. So was auf keinen Fall zu machen, nicht eine Sekunde zu unterstützen.
Luc: Aber wir machen ihn ja mit. Auch die Friedens-Frauen. Es ist alles verkoppelt, verwoben ineinander, untrennbar verbunden. Die Friedens-Frauen, die auf die Straße gehen, die demonstrieren, finanzieren mit ihrer Hände Arbeit den Krieg. Über diese Schizophrenie müssen sich auch diese Frauen mal klar werden. So sieht es aus.
Peggy: Genau, wir haben die Bundeswehr selber bezahlt.
Luc: Ja, wir finanzieren das auch noch und haben noch nicht mal die Möglichkeit, weil wir ausgeschlossen sind aus dem ganzen Wissen, aus dem offiziellen Informationssystem um

diesen militärischen Block in unserm Land, in unserer eigenen Gesellschaft und auch in größeren Zusammenhängen. Wir sind noch nicht einmal in der Lage, richtiggehend Kontrollfunktion auszuüben. Es ist in der Tat doch so, Peggy, wir müssen doch zugeben, daß wir nichts wissen, daß wir nichts von Waffensystemen verstehen heute. Welche Frau hat sich denn überhaupt der geistigen Tortur unterzogen, sich sachkundig zu machen? Peggy, was ist denn der Vorteil, wenn wir so vehement sagen, Frauen dürfen nicht in die Bundeswehr?

Peggy: Ich möchte, daß dieser ganze Scheiß aufhört.

Luc: Ja, das möchte ich ja auch.

Peggy: Nur wie? Wenn die spitz haben, daß du eine Frau bist, die das beenden will, dann wirst du wahrscheinlich auch nicht gezwungen, zu dienen. Dann bist du nämlich ein kranker Fall, der wahrscheinlich gar nicht rein darf.

Luc: Ja, das wäre dann ja interessant.

Peggy: Wieso denn, das ist doch einleuchtend. Du kannst doch nicht als Revolutionärin in die Bundeswehr aufgenommen werden. Da bringen sie dir das Schießen bei und wissen genau, wen du damit treffen wirst. Denn wer ist denn dein Feind? Verstehst du? Es geht ja nicht nur darum, was man für Superwaffen konstruiert, die du nicht kennst und nicht beherrschst. Die kein Mensch kennt. Ich hör auch von Experten, daß sie sich nicht mehr auskennen. Und von Multiplikationen an Tötungsmöglichkeiten. Ich meine, da könnte man eigentlich aufhören, sich den Kopf zu zerbrechen, wenn man bald keinen mehr hat.

Luc: Ja, aber so geht doch der Zug einfach weiter: Waffenrüstung, Kriegsindustrie, Kriegsstrategie. Und wir Frauen sind so naiv, das muß ich wirklich sagen, daß wir diese Nummer, muß ich schon jetzt mal sagen, daß wir die seit Generationen spielen, daß wir warnen, daß wir klagen, daß wir anklagen. Die Männer lachen darüber. Sie sagen, daß die Weiber doch alle auf die Straße ziehen sollen und anklagen! Es wird weiter gemacht, und es wird weiter entwickelt, und wir haben keine Ahnung! Wir sind aus diesem zentralen Machtbereich ausgeschlossen. Wir sind sozusagen, wenn wir überhaupt politisch und machtmäßig zugelassen werden, Kategorie 2a oder Kategorie Nummer 3. Wir dürfen uns ein bißchen um das Soziale und ein bißchen vielleicht um die Justiz und um all den Folgekram kümmern, der aus dieser Machtpolitik herauskommt.

Peggy: Und worum möchtest du dich kümmern?

Luc: Ich möchte zum Beispiel in die Abrüstungskonferenzen kommen ...

Peggy: Meinst du, du kommst nur da rein, wenn du erst mal Gefreiter bei der Bundeswehr bist?

Luc: Nicht nur Gefreiter. Du wirst natürlich auch General.

Peggy: Ja, ja, ja.

Luc: Du wirst natürlich auch Experte im Verteidigungsministerium.

Peggy: Wer wird denn alles General? Wer? Was für Frauen, was für Frauen?

Luc: Ja, das wird man dann ja sehen ...

Peggy: Das wird man dann sehen? Das kannst du dir doch ausrechnen. Wer macht denn Karriere? Die Edlen, die Feinen, die Noblen, die Reinen?

Luc: Ja, ich glaub auch nicht, daß die Frage der Abrüstungskonferenz nur mit den Kategorien edel, nobel und rein zu verändern ist. So wie die Situation aussieht, kannst du das nicht in einem moralischen Handstreich verändern. Das halte ich für naiv. Du mußt das natürlich mit einem festen Willen, die Geschichte schrittweise zurückzudrehen, mit Wissen, mit Knowhow, mit taktischem Gespür und mit einem bestimmten Machthintergrund machen, anders läuft nichts.

Peggy: Wie stellst du dir den Machthintergrund vor?

Luc: Machthintergrund – daß du selbst eine politische Potenz darstellst.

Peggy: Eine politische Potenz sind wir ja! Mit unserer Kraft, mit unserer Körperkraft, mit unserer geistigen, mit dem, was wir ökonomisch einbringen.

Luc: Das sind wir leider nicht.

Peggy: Wir arbeiten doch alle!

Luc: Ja, wir arbeiten natürlich alle.

Peggy: Das ist das einzige, was wir bringen, ansonsten sind wir scheißegal.

Luc: Wir werden beteiligt am Krieg. Uns fragt niemand. Wir können zwar sagen, wir beteiligen uns nicht am Krieg, aber wir sind pausenlos daran beteiligt.

Peggy: Dann laß uns doch nicht überlegen, ob wir eine Karriere machen, 15 Jahre Bundeswehrdienst, und dann sind wir alle Generäle ... Das ist ja so lächerlich! Dann sind wir also alle Generäle, die wir reingegangen sind, außer den 90 Prozent, die alle verweigert haben, weil sie sowieso nicht militant sind und keine Uniform wollen. Aber, wenn Uniformen kleidsam geschneidert sind, dann sagen vielleicht schon 50 Prozent von alleine zu ...

Luc: Aber wirklich, das klingt ja gerade so, als ob du Angst hättest, daß Frauen in die Bundeswehr gehen, weil du geradezu befürchtest, daß also bestimmte charakteristische Eigenschaften oder Sehnsüchte oder Bedürfnisse da vielleicht einen freien Lauf bekommen. Das wäre ja günstiger zu sagen, Frauen dürfen da nicht rein, weil: wehe, wenn sie losgelassen! Also ...

Peggy: ... weil sie genauso dumm und zerstörerisch sind wie Männer. Genauso klug und weise wie Männer auch. Wenn Frauen in Uniform andere Frauen niederknüppeln auf Befehl, verstehst du, dann ist mir der Geschlechterunterschied egal.

Luc: Klar, mir auch. Aber dann kann der Weg doch nur sein, daß die Männer und die Frauen, die einsehen, was hier eigentlich auf dem Spiel steht, die den Mord einsehen, den Wahnsinn, daß die in diesem System schaffen, Frieden zu erreichen. Also genauso, ich komme noch mal auf die Wahlgeschichte zurück, ich komme auch zurück auf die Wirtschaft: Es gibt ja auch Frauen, die stehen auf dem Standpunkt, ich will den Kapitalismus nicht, ich will die kapitalistische Wirtschaft nicht, also gehe ich als Frau auch überhaupt nicht in dieses kapitalistische Wirtschafts- und Arbeitssystem rein. Das haben sich die Männer ausgedacht, da sind die Männer drin, da sollen die Männer selber sehen, wie sie mit dem Dreck zurechtkommen und wie sie das verändern. Das ist für mich genauso kurzsichtig und bedeutet für mich auch eine Parallele zu dem zu verdammenden Todesgeschäft des Krieges. Es geht meines Erachtens wirklich nur, wenn Frauen und Männer da reingehen, voll drin sind und dann gemeinsam diejenigen, von denen ich hoffe, daß sie irgendwo ihr Menschsein nicht vergessen haben, daß sie was im Kopf haben, daß sie sehen, wohin es führt, dieses gemeinsam gegen die anderen durchsetzen. Ich seh keinen anderen Weg.

Peggy: Gut, und ich weiß mit Sicherheit, daß wirklich in allen Ländern dieser Welt Leute gezwungen worden sind, sich haben zwingen lassen, in Kriege zu ziehen, weil man sie sonst wahrscheinlich umgebracht hätte. Leute, die es nicht gerne taten. Die es auch nicht heldenhaft fanden. Die gar nicht wußten, warum sie den anderen als Feind ansehen sollten. Einen, den sie gar nie gesehen haben. Die das nicht wollten. Und obwohl sie in ihren verschiedenen Bundeswehren erzogen worden sind, es nicht verhindern konnten. Sie haben praktisch einen feuchten Schmutz zu melden gehabt. Das ist nicht der Weg.

Luc: Das weiß ich nicht ...

Peggy: Aber dann hätten doch Revolutionäre jederzeit reingehen können, und dann hätten sie damit aufgeräumt. So ist es aber nicht gewesen. Da ist eine Institution stärker.

Luc: Also mir geht es darum: Ich glaube, daß das Kriegsgeschäft keinem Mann ein Freiraum sein darf, noch darf es ein Schonraum bleiben für Frauen. Das ist einfach mein Grundsatz. Weil ich finde, mit diesem Modell fahren die Männer ihren Krieg, und Frauen werden daran beteiligt, ob sie wollen oder nicht, sind immer die Mitleidenden, sind immer die Opfer, und sie können sich gar nicht guten Gewissens zurückziehen oder guten Kopfes und sagen, damit will ich nichts zu tun haben. Es ist ihnen eingeredet worden ...

Peggy: Wer sagt denn zurückziehen, um Himmels willen?

Luc: Ja, wie gehen sie denn dann vor?

Peggy: Es ist ein harter Kampf, aber ein anderer, ein richtiger; das würde ich gerne mit dir überlegen.

Du hast vorher das Kluge gesagt, daß das Mindeste wäre, daß wir beteiligt werden an Abrüstungskonferenzen. Du mußt Männer und Frauen aufklären! Du mußt *dir* und *mir* Zutritt verschaffen zu Konferenzen, wir müssen alle nur überlegen, *wie.* Und da deutlich machen, daß wir was sagen wollen und zu sagen haben, verdammt noch mal. Es geht um unser Leben und um unser Überleben.

Luc: Es wird denen schwer klarzumachen sein, daß du was zu sagen hast.

Peggy: Es wird überhaupt schwer sein.

Luc: Wenn du überlegst: Du bist raus aus dem Geschäft ...

Peggy: Bist du denn drin, wenn du bei der Bundeswehr bist?

Luc: Ja doch, davon gehe ich aus.

Peggy: Also, ich bitte dich. Ich würde gerne lernen, mit einer Waffe umzugehen, davon versteh ich ja in der Tat nichts. Ich weiß gar nicht, wie man sie halten sollte. Aber dann kann ich mir auch auf dem Kiez einen nehmen, der Spezialist ist oder irgendwen, der die Bundeswehr schon hinter sich hat, und sagen: Junge, zeig mir mal, wie man eine Knarre bedient. Dazu brauch ich mir nicht jahrelang den Schwachsinn von Leuten anzuhören und Feinde vorgesetzt zu kriegen, die meine nicht sind.

Luc: Das ist ja vollkommen richtig. Du hast ja für dich subjektiv und individuell völlig recht, nur, das Argument auf der anderen Seite, auf der Seite der machthabenden Männer, läuft

doch eben anders. Die sagen: Der Dienst mit der Waffe ist unsere Sache, also bleibt das auch unsere Sache. Ihr leistet den Dienst mit der Waffe nicht, ihr seid ausgeschlossen vom Militär, und insofern seid ihr auch ausgeschlossen von allem, was mit dem Machtblock Krieg und Rüstung zu tun hat.
Peggy: Nix. Ich hab hier, was der Borchert mal gesagt hat. »Dann sag *nein* ...« Es macht mich wahnsinnig, daß Leute wie Tucholsky sich dumm und krumm geschrieben haben bis in ihren Selbstmord rein, deutlich, unmißverständlich, aufklärerisch vor dem Krieg gewarnt haben und ihn nicht verhindert haben. Daß solche Leute immer zwischen den Kriegen gelesen werden. Das ist alles schon da, es reicht, es reicht wirklich!
Luc: Aber die Mehrheit der Frauen setzt sich ja leider mit dem Krieg und den Waffengeschäften, dem Mord überhaupt nicht auseinander. Weil sie eben im Bewußtsein hat: Krieg, Rüstung, Wehrdienst, Waffe ist alles nicht meine Sache. Und ich bin wirklich der Auffassung, daß Frauen in die Situation kommen: Es kommt nämlich die Wehrpflicht auf jedes Mädchen möglicherweise genauso zu wie auf jeden Mann. Die Frauen müssen sich damit nun auseinandersetzen. Ich sage jetzt mal, wie ich mir das vorstelle: Es gibt Frauen, die sagen, ich verweigere, ich werde mir meine Gründe zurechtlegen, so wie das heute ist. Es gibt andere Frauen, die gehen in die Bundeswehr. Die erleben dort den Schock, was Krieg eigentlich heißt, und sind nicht mehr nur die Beteiligten, so unterschwellig Mitreingezogenen, die eigentlich erst zum Leiden kommen, wenn es viel zu spät ist ...
Peggy: ... Das erleben sie nicht – sie erleben den Stubendienst erst mal. Sie erleben den Alltag des Drills, des Gehorsams und der Lächerlichkeit ...
Luc: ... Ja, was aus Menschen da gemacht wird. Sie kommen vielleicht wirklich zu dem Punkt, wo sie sagen, dieses wollen wir nicht, daß das daraus gemacht wird, wenn Frauen Wehrdienst leisten. Sie erziehen vielleicht anschließend ihre Söhne

tatsächlich mal anders. Ich bin doch auch dafür zu sagen: Nein, nein, nein!

Peggy: Dein Sohn verweigert den Kriegsdienst?

Luc: Ja, natürlich habe ich ihm gesagt, ich habe versucht, ihn dahin zu erziehen. Ich weiß nicht, ich bin mir nicht darüber im klaren, wieweit er das tatsächlich in der Situation durchhält. Aber er will – er ist jetzt knapp 17 – er sagt: er will nicht. Er will nicht in die Bundeswehr ..., weil ich ...

Peggy: Ja, *du* hast ihn so erzogen. Und das, ohne daß wir jemals in der Bundeswehr waren. Dann laß uns überlegen, wo wir uns zu verweigern haben, und nicht, wie wir uns noch Zutritt verschaffen zu der Scheiße. Sondern: die totale Verweigerung! Ich sprech nicht von Passivität, ich sprech vom Kampf. Und all die Frauen, die ich kenn, das sind alles keine passiven Frauen, das sind Kämpferinnen.

Ich war gestern bei einem VVN-Treffen. Die älteste Kämpferin war 94. Das sind Widerstandskämpferinnen und -kämpfer. Ich weiß nicht, woher die die Kraft nehmen, heut noch zu kämpfen. Die kämpfen, verstehst du? Die würden dir was husten, wenn sie hören würden, daß ihre Kinder, Enkelkinder in irgendeine Bundeswehr rein sollten. Die haben Widerstand geübt, obwohl sie Babys an den Hacken hatten. Nicht, weil sie Kinder hatten, sich nicht gewehrt, sondern gerade weil sie Kinder hatten, sich gewehrt.

Luc: ... Alles gut! Sie haben Widerstand und Widerstand geübt. Mit welchem historischen Ergebnis? Daß die Bundesrepublik Deutschland heute so aufgerüstet ist, wie wir uns das nach 1945 überhaupt nicht vorstellen konnten und wie deine Widerstandskämpfer mit ihrem Leben es natürlich nie wollten und alles dagegen getan haben. Sie haben Widerstand und Widerstand und Widerstand geleistet ...

Peggy: Sie waren ja auch so wenige. Die meisten sind tot.

Luc: Ja, wie werden wir denn mehr?

Peggy: In der Bundeswehr ja wohl kaum. Weg damit. Weg!!

Luc: Wir können uns doch heute nicht hinsetzen und sagen, die Bundeswehr geht weg. Selbst wenn es uns, wenn es dir gelänge, nicht 100 000 Frauen auf die Straße zu kriegen, sondern eine Million Frauen sogar. Meinst du denn, die Bundeswehr ginge weg? Meinst du, die Männer in Bonn, in der NATO und unsere amerikanischen Alliierten würden sich da beeindrukken lassen?
Peggy: Nein. Das Schlimme ist, ich befind mich in einer Art Schock, seit ich gehört hab, daß es Waffen gibt, die von alleine losgehen können. Aber ich kriegte schon vorher einen Schock, als ich hörte, daß irgendein wildgewordener, wahnsinniger Nichtsnutz einfach auf den Knopf drücken kann und dadurch die Welt untergeht. Fand ich auch schon schlimm genug. Da hab ich überlegt, ... wie bringt man so einen Mann um oder wie kriegt man ihn ins Irrenhaus?
Luc: Du hast gerade gesagt, wie bringt man so einen Mann um?
Peggy: Ja.
Luc: Vielleicht hängt es damit zusammen; Frauen bringen in solchen Situationen zu wenig offensive Militanz auf.
Peggy: In der Bibel gab's das. Ich würde nicht lange überlegen, wenn ich wüßte, wer zuständig ist: dann drauf. Denn mein Pazifismus hört genau da auf, wo die Notwehr einsetzt. Die absolute Notwehr. Ein bißchen optimistisch wurde ich, als so ein Dummbüddel was erzählte von gefährdendem, schleichendem Pazifismus. Das heißt, wenn man uns Pazifisten inzwischen als Gefahr empfindet, ist doch gut. Verstehst du, da tut sich was. Ich sehe eine Chance, wenn überhaupt noch, dann da weiterzukämpfen. Und wenn das denen Angst macht, daß wir uns verweigern, ... Pazifismus schon als Anklage, das schon als Verbrechertum.
Luc: Macht ihnen keine Angst!
Peggy: Doch!
Luc: Ich meine, eins müßte in dem Zusammenhang noch we-

nigstens gesagt werden: Ich, wenn ich dafür plädiere, für die Wehrpflicht der Frauen, dann bin ich wirklich nicht dafür, daß die Frauen wieder die Lückenbüßer werden, wenn ihnen die Männer ausgehen.

Peggy: Und ich muß dir sagen, was mir wirklich wichtig ist: Ich kenn so viele Überlebende aus KZs. So viele ist gut, es haben ja nicht so viele überlebt. Aber von den wenigen kenne ich eben viele. Die mir alle erzählen, voll Trauer, daß da, wo Frauen im Dienst waren, im Folterdienst, im Morddienst, da waren sie noch vehementer als die Männer.

Luc: Das ist eine ganz schlimme Haltung, weil das bedeutet, Frauen sind schlimmer als Männer, deswegen dürfen wir sie nicht ...

Peggy: ... Nicht Frauen sind schlimmer als Männer! Frauen, die solche Karrieren anstreben, machen noch einen drauf. Und wenn sie nur halb so schlimm wären wie die Männer, reicht's ja. Du bist auf dem falschen Weg, wenn du von Frauen etwas erwartest. Von Frau Thatcher zum Beispiel etwas, was die Dame nicht hat.

Luc: Na, aber die Konsequenz: Frauen sollen ja nicht in die Politik, oder Frauen sollen keine Ministerpräsidenten werden, weil es auch eine Frau Thatcher gibt.

Peggy: Nein. Aber ich halte es für keinen Zufall, daß es Frau Thatcher ist, die Premierministerin ist.

Luc: Ich geh einfach davon aus, daß die Armeen und die Kasernen mit Frauen nicht mehr dieselben sein werden. Ein Beispiel: Eine Berliner Abgeordnete. Sie war im Verteidigungsausschuß und hat gesagt, sie will sich mal solche U-Boote und solche Marineeinheiten, während die auf See sind, angucken. Da wurde ihr beschieden von dem zuständigen General, das ginge eben leider überhaupt nicht, weil für Frauen da keine sanitären und sonstigen Einrichtungen vorgesehen sind, und es ginge auch grundsätzlich nicht. Ich bin fest davon überzeugt, daß die ganze Geschichte anders aussehen würde, wenn ...

Peggy: ... Ich möchte gern mit dir gemeinsam kämpfen. Ich mag dich. Halt dich für eine resolute, kämpferische und intelligente Frau. Und ich finde es ganz entsetzlich, daß wir nicht gemeinsam kämpfen, sondern, wie es ist, wäre es ja gegeneinander.
Luc: Ach, das weiß ich nicht, ob das ein Gegeneinander ist. Es gibt vielleicht verschiedene Wege, um zum Ziel zu kommen. Ich halte nur den pazifistischen Weg der Frauen, der ihnen die Rolle des Anklagens und des Klagens freihält, den halte ich für vergeblich. Für historisch erwiesenermaßen einfach einen Weg, der zu nichts führt.
Peggy: Der war noch nicht in Massen da. Da, wo er in Massen wäre, da wäre er auf keinen Fall vergeblich. Wenn die Anklage nur darin besteht, daß man zwar tagsüber in der Fabrik Waffen kurbelt und dreht und abends sich darüber die Augen aus dem Kopf weint, ist es natürlich vergeblich. Guck mal, du hast Zugang zu den Medien. Zu ganz anderen als ich. Du hast Zugang zum Fernsehen, du hast ein Millionenpublikum. Das, gemessen an denen, die mich lesen, ist soviel mehr! *Du* hättest die Möglichkeit, wirklich aufzuklären.
Luc: Ich gehe davon aus, daß Frauen Männern nicht gleich sind. Aufgrund ihrer historischen Sozialisation sind Frauen dem Kriegerischen ferner und dem Friedlichen näher als Männer. Nicht, weil das in der Genstruktur der Frauen liegt, sondern weil Frauen seit Jahrtausenden von Jahren gelernt haben, Konflikte, Ich-Probleme anders auszufechten als kriegerisch. Ich gehe davon aus, daß Frauen ein höheres Friedenspotential oder Friedlichkeitspotential in sich haben als Männer. Und ich meine eben, daß Mächtige zum Nachdenken kommen, wenn sie erstens feststellen, es verweigern sehr viel mehr Frauen als Männer auf Anhieb, daß dadurch 'ne Bewegung kommt, die die Männer, die auch bereit sind, zu verweigern, ermutigt. Ich gehe davon aus, daß Frauen die Bundeswehr mit ihrem niedrigeren Aggressionsverhalten entscheidend verändern werden. Ich gehe überdies davon aus, daß sich einfach durch die Anwe-

senheit von Frauen, durch eine Feminisierung, diese männerbündische Kriegsstruktur verändert.

Peggy: Und ich möchte Frauen aktivieren. Ich halte sehr viel von Frauen. Ich halte Frauen für ein ungeheures Potential. Ich seh nicht herab auf Frauen. Ich möchte alles tun, um Frauen kämpferisch zu machen, absolut kämpferisch, aber in einer ganz anderen Weise. Ich möchte nicht mehr zulassen, daß Frauen sich verkriechen hinter Familien als Entschuldigung, hinter Schwäche als Entschuldigung. Ich halte Frauen für ungeheuer stark. Ich find es nur wichtig, daß man ein bißchen als Wegweiser dient, um Frauen zu zeigen, wie sie ihre Stärke einsetzen können. Ich möchte, daß sie so stark werden, daß sie schwache Männer mitziehen.

Luc: Ich bin zum Beispiel für eine Frau als Verteidigungsminister. Das fände ich eine hervorragende Sache.

Peggy: Ich bin weder für Frau noch Mann als Verteidigungsminister. Ich bin für gar keinen Verteidigungsminister.

Israel

Ich kann zu Israel nichts Erhellendes sagen. Auch nicht zum Krieg Iran/Irak. Auch nicht zu den Kämpfen in Irland. Und nicht zu den vielen Konflikten in Afrika oder in den arabischen Ländern, in denen zahllose Leute sich gegenseitig abschlachten. Nur zu anderen Ländern hat man mich auch nicht gefragt. Bloß zu Israel, weil ich zufällig Jüdin bin.
Das macht mich trotzdem nicht informierter als jeden andern in der BRD. D. h., da mein Bruder im Kibbuz lebt, dort mit einer Sabre verheiratet ist und drei Kinder hat, und seine Schwiegereltern, die aus Polen und Rußland eingewandert sind, diesen linken Kibbuz mitgegründet haben, kriege ich vielleicht ab und zu einiges mit. Ich habe z. B. einmal – zusammen mit 250000 Israelis – für »Peace now« demonstriert. Gegen die damalige Regierung. Ich habe später noch einmal demonstriert. Mit 400000 Israelis zusammen. D. h. nicht israelische Araber, sondern Juden. Auch für »Peace now«. Über solche Demonstrationen wird hier nicht berichtet. Es wird nicht berichtet, daß es eine große linke Opposition gibt im Land. Nicht darüber, daß diese »Peace-now«-Bewegung nichts anderes will als einen Frieden, der im wahrsten Sinne – so gut es geht – alle »befriedigt«, selbstverständlich auch die Palästinenser. Warum man hier sowenig davon wissen will, ich meine von dieser Opposition? Ich glaube, weil man die Israelis lieber in der Rolle des Henkers sehen möchte als in der Rolle des Oppositionellen.
Ich merke gerade, daß ich versuche, da dies, wenn auch eine grüne, so doch deutsche Zeitschrift ist, nach Positivem zu suchen. Positivem für Israel. Z. B. kann ich euch sagen, daß in Israel so unendlich mehr an Selbstkritik und Selbstzweifel läuft als hier. Tag und Nacht Auseinandersetzungen. Im Freun-

deskreis, innerhalb der Familie, an den Arbeitsplätzen. Um zu einer möglichen Lösung des Konflikts zu kommen, der ja schon seit über 50 Jahren schwelt. Alles ist so anders als in andern Ländern. Eine ständige Auseinandersetzung. Und wenn dort Leute, die auch nicht gerade dümmer sind als ich, in den 50 Jahren zu keiner passablen Lösung gekommen sind, wie soll ich das aus der Ferne?
Was ich möchte, ist natürlich klar. Ich möchte, daß es den Palästinensern gut geht. Ich möchte, daß es den Palästinensern und Israelis besser geht als jetzt. Ich möchte, daß die Palästinenser, wenn es ihnen so wichtig ist, ein eigenes Land zu haben, eins bekommen. Aber mir ist an Israel als Staat auch nur wichtig, daß so viele ihn brauchen, so viele wirklich Geschundene zum erstenmal eine Art Heimat haben. Da ich aber selber Staaten und Grenzen ablehne, kann ich all diese Kämpfe um Staaten und für Staaten und all die tausend Kriege, die geführt werden, um Staaten zu erhalten, nicht verstehen. Was ich aber auch nicht verstehen kann ist, daß die ganze Welt es selbstverständlich findet, daß Israel erobertes Land zurückgibt. Israel hat Land an Ägypten zurückgegeben, das – ich glaube – zwei-oder dreimal so groß ist wie das, was noch übrigblieb. Freiwillig zurückgegeben, weil eine Art Friedensvertrag geschlossen wurde. Daß das auch einmalig ist, weil es ja kein Land auf der ganzen Erde gibt, das nicht geklaut und geraubt ist von anderen und niemals an irgendwen zurückgegeben wird, auf die Idee kommt kein Mensch.
Jetzt zu den Palästinensern, die in den schwerreichen arabischen Ländern diese ganzen Jahre immer weiter in Not in Lagern gehalten worden sind. Immer als Menschen zweiter, dritter Klasse behandelt wurden – nicht nur in Israel. In Israel sogar weniger als in den arabischen Ländern. So gräßlich es für die Palästinenser in Israel ist, ist ihr Leben dort immer noch sehr viel besser als in den arabischen Ländern. Daß ich selbst nicht einverstanden bin mit Israels Verhalten, das ist eine ande-

re Sache. Ich finde aber, daß nur Pazifisten das Recht haben, sich da zu empören. Wenn z. B. Deutsche durchdrehen vor Entsetzen über Israel, gleichzeitig aber gut davon leben, daß sie in x Länder Waffen liefern, für Kriege und Tote mitsorgen, sollen sie doch lieber ihr Maul halten. Also Leute, die in anderen Regionen nichts gegen Kriege haben, sollen ihre Schnauze halten.

Was mich verzweifelt macht, ist, daß in den arabischen Ländern von vornherein zu Haß erzogen wird und mehr und mehr sicher auch in Israel. Weil ich nicht weiß, wie man diesen Haß durchbricht, beendet. Ich kann Juden und Araber kaum unterscheiden, ich kann sie optisch nicht unterscheiden, fühle mich Arabern viel mehr verwandt als Deutschen oder andern Europäern. In Israel leben ja sehr viele Juden aus arabischen Ländern. Ich höre es nur an dem Klang der Sprache, sonst würde ich es überhaupt nicht merken. Ich kann mir nicht vorstellen, daß sie nicht zusammen leben könnten. Aber wie kann man einen Ausgangspunkt ändern, wie kann man etwas, das so lange schiefgelaufen ist, wieder in die Reihe kriegen? Ich würde es am schönsten finden, wenn sie im selben Land gleichberechtigt leben könnten, gleichberechtigt regieren. Wenn es unbedingt sein muß, daß sie getrennte Länder haben müssen, was ich schade fände, dann eben das. Es müßte auch selbstverständlich sein, daß alle Israelis arabisch sprechen und alle Araber hebräisch. Weil es vielleicht dann zu vielen Mißverständnissen gar nicht erst kommen würde.

Wenn ich irgend etwas zu melden hätte, wenn ich in Israel gelebt hätte statt in der BRD, wenn ich nicht hier die ganzen Jahre gearbeitet hätte, sondern dort, dann hätte ich für alles gekämpft, was Grenzen und Unterschiede niederreißt und Gemeinsamkeiten aufbaut.

So wie es ist, finde ich es eigentlich idiotisch, daß ich mich überhaupt zu dem Thema äußere. Von mir aus würde ich das nicht machen. Wenn ich nicht gefragt würde, käme ich nicht auf die Idee. Weil alles, was ich sage oder irgend jemand sagt, falsch ist. Und wenn ich das Gegenteil sagen würde, wäre das auch falsch. Es kann nur falsch sein. Gleichzeitig haben alle recht. Es ist viel zu komplex, als daß ich irgend etwas Vernünftiges und Richtiges dazu sagen könnte.

Ich bin jetzt wieder, nach drei Jahren Pause, auf dem Weg dahin, um meine Familie zu besuchen. Und obwohl wir uns nicht ganz unähnlich sind, sie sind auch Sozialisten, müssen wir entweder Gespräche meiden oder gehen uns an die Gurgel. Meine Familie sagt mir: »Du kannst nicht mitreden, du lebst nicht hier.« Dagegen habe ich immer protestiert, aber langsam fange ich an zu begreifen, daß sie recht haben. Ich kann ja nicht einmal die Sprache.

Meiner Ansicht nach hätte es so sein müssen, daß die Einwanderer und die Palästinenser sich zusammengetan hätten. Sich stark gemacht hätten gegen ihre gemeinsamen Ausbeuter, also gemeinsam für etwas Besseres gekämpft hätten. Die einen nicht militarisiert und abhängig von den USA und die anderen nicht untergebuttert von ihren Scheichs. Es wird immer wieder vergessen, daß Israel ein klitzekleines Land ist. Und viele der arabischen Länder unermeßlich groß und unermeßlich reich. Und daß eigentlich diese ganzen Probleme keine sein dürften.

Auf allen Seiten ist Verzweiflung und Angst, ständig, jeden Tag. Die Ratlosigkeit unbeschreiblich.

Und da fragt Ihr mich?

Na so was!

Soviel Glück auf einem Haufen. Ich meine hier, nicht dort, in der DDR. Die Medien schäumen über. Und endlich, endlich kann den Linken der Garaus gemacht werden. Wir, denen man gestern gerade noch einen gewissen Idealismus bescheinigen mußte, stehen nur noch als Deppen da. Und wenn nicht das, als wissentliche Unterstützer eines kriminellen Regimes. Quelle tristesse.
Sogar ein, wie ich dachte, linker SPDler wird laut, wenn er von der VVN als fremdfinanziert spricht. Wie absurd. Die ganze BRD ist fremdfinanziert. Darum leben wir ja so gut. Wogegen in der VVN die besten im Lande, die alten Widerstandskämpfer, unentgeltlich politisch arbeiten. Jahraus, jahrein. Auf Podien, in Schulen und in Broschüren für Aufklärung sorgen. Die haben leider kein Geld und kämpfen immer noch weiter.
Die BRD tritt auf, schneeweißchenrein. Als Rächer der Enterbten. Als Helfer der Ärmsten der Armen, wie Robin Hood. Eine unblutige Revolution, welch eine Chance das hätte sein können! Auch bei uns. Denn wenn hier mal tabula rasa gemacht würde, wenn das Geschmeiß aus Regierung, Medien, Wirtschaft, Militär, Gewerkschaft, Polizei und Verfassungsschutz enttarnt würde, käme wohl einiges mehr an Kriminalität und Machtmißbrauch an den Tag als in der DDR. Aber alle haben sich zu verändern – nur wir nicht.
Es ist zum Totlachen, was hier alles Entsetzen auslöst. Sogar der Mantel mit kleinem Persianerkragen des toten Ceausescu macht bebilderte Schlagzeilen. Eine zu elegante Leiche.
Die BRD – Retter in der Not. Retten wollen sie? Sich alles unter den Nagel reißen wollen sie. Die DDR im Ausverkauf verramscht und gut geschultes Personal dazu. Viele in der DDR spielen das Spiel mit.

Die vielen Glücks- und Wiedersehensbilder, die um die Welt gingen, haben mich auch gerührt. Dann fiel mir der Hitlerfilm von Joachim Fest ein. Hunderttausende strahlende, leuchtende junge Gesichter. Ideale, Glaube, Freude, jubelndes Leben. Hätte ich nicht um die Zusammenhänge gewußt, wäre ich vor Neid geplatzt. Mit anderen Worten, es wird oft zu früh gestrahlt. Für mich ist das, was im Ostblock passiert, keine Erlösung. Auch Honnecker war zu Beginn seiner Karriere kein Unhold. Die Macht hat ihn versaut, so wie sie jeden versaut, der sie hat. Darum setz ich auch in künftige Herrscher keine Hoffnung.
Die DDR war schrecklich. Das stimmt. Nur wenn man in der BRD die unwürdigen Verhältnisse im DDR-Gesundheitswesen anprangert, hat man wohl vergessen, daß hier in Krankenhäusern Kranke in Korridoren lagern, daß Personalmangel zu Lieblosigkeit führt, daß Sterbende in Kabuffs abgeschoben werden. Daß Professor Dr. med. Bernbeck in Hamburg-Barmbek weit über zweihundert Patienten zu Krüppeln operierte, was mit 7000 Mark Bußgeld als gesühnt gilt. Der hochgeehrte Halunke darf weiter praktizieren. Wie auch die durch Experimente an Menschen schlau gewordenen NS-Ärzte.
Ach, was hatten und haben wir hier nicht alles: Notstandsgesetze, Hochrüstung, die liebevolle Art, mit NS-Massenmördern umzugehen, die Gier nach dem Jäger 90, Drogen, Kinder-Prostitution und Ausländerverachtung. Und was war nicht alles mit Strauß. Unter anderem das Kamikaze-Unternehmen Starfighter. Seine herzlichen Kontakte zu Diktatoren. Rausgeschmissen? Nein, Staatsbegräbnis. Zimmermann? Nicht Knast, sondern das Innenministerium.
Was wurden bei uns die Demos jenseits der Zonengrenze bejubelt! Hier bei ähnlichen Anlässen: Knüppel aus dem Sack, mit Wasser geworfen und Gas geschossen.
Wann immer ich von politischen Morden in der DDR hörte, dachte ich: Deutsch bleibt deutsch, da helfen keine Pillen. Das

denk ich ja auch hier, wenn Polizisten ungestraft rumballern. Dumm und ungerecht von mir, denn amnesty international hat in der ganzen Welt zu tun, und anständige Leute gibt's auch überall.

Nur wenn ich Wiedervereinigung höre, läuft's mir kalt den Rücken rauf und runter. Bloß nicht. Ist mir sowieso schon alles viel zu mächtig. Doch die Industrie wird wohl die DDR in fester Umarmung ersticken. Ansonsten verläßt man sich darauf, daß sich die DDR-Bürger in die hiesige Korruption gut einfügen, denn dann hat alles wieder seine Ordnung. Wie sagte ein Politiker neulich? »Wir knüpfen da an, wo wir Ende des Zweiten Weltkriegs aufgehört haben.«

Auf allen ersten Seiten der Zeitungen, in den Funk- und Fernsehnachrichten seit Monaten nicht mehr BRD-Politik, sondern nur noch DDR-Politik. Aber das ist wohl BRD-Politik. Die BRD führt den DDR-Wahlkampf. Gestern in der Zeitung zehn Seiten deutsch/deutsch. Danach erst, auf der letzten Seite, die kleine Mitteilung, daß in der nächsten Zeit an die einhundert Millionen Kinder durch die Folgen der Naturzerstörung und anderes mehr verhungern werden.

Diese deutsch-deutsche Besoffenheit. Der verdammte Nationalismus, der immer wieder hochschwappt. Ein saftiger Sumpf für Rechtsradikale.

Was ich mir wünsche? Daß die DDR autonom bleibt. Eine europäische Einheit. Eine Welteinheit. Aber nicht eine kapitalistische. Solidarität mit den Schwachen, Solidarität mit der Umwelt. Nächstenliebe. Verantwortung auf allen Ebenen. Jeder für jeden.

Ich möchte, daß der Sozialismus, den es bis heute noch nirgends gegeben hat, endlich beginnt.

Keine Frau treibt aus Jux ab

Der Paragraph 218 hat Tradition. 1871 trat er in Kraft. Wer jetzt gegen ihn aufmuckt und das für gewagt hält, hinkt reichlich hinterher. Denn die SPD brachte schon 1920 einen Antrag gegen ihn ein. Fünfzig Jahre später noch mal, weil sich nichts geändert hatte.

In der Zwischenzeit hatten Millionen und Abermillionen Frauen verzweifelt, gedemütigt, unter Schmerzen, Leben und Gesundheit gefährdend, abgetrieben. Bei Kurpfuschern, mit Stricknadeln oder in ätzender Lauge sitzend.

Immer schon kämpften Frauen um das Recht auf ihr Leben. 1971 schlossen sich mehr als hunderttausend unseren öffentlichen Selbstanzeigen an. Eine notwendige Flucht nach vorne. Wir wurden nicht bestraft. Jetzt hätten wir eigentlich Oberwasser haben müssen.

Doch 1973 mußte ich wieder in einer Kolumne gegen den Paragraphen 218 powern, weil sich noch immer nichts getan hatte. Da hatte es schon wieder an die zwei Millionen illegaler Abtreibungen zu Wucherpreisen gegeben. Schnittpreis: 600 bis 800 Mark. Ein leckerer Nebenverdienst. Kein Wunder, daß so viele Ärzte aufschrien bei der Vorstellung, es könnte in Zukunft auf Krankenschein abgetrieben werden.

Dann 1976. Oh, was haben wir doch frohlockt, obwohl wir nur einen Teilerfolg hatten. Der 218 wurde nicht, wie wir es wollten, gestrichen, aber einer Indikationslösung wurde zugestimmt. Wir konnten in Krankenhäuser gehen oder ambulant zum Gynäkologen. Abtreibungen waren nicht mehr so ein Horror.

Ich weiß nicht, ob in jedem Fall Kränkungen, Beleidigungen und Demütigungen weggefallen sind. Aber zumindest wird nun betäubt. Auch beim ambulanten Eingriff. Weil die Legali-

tät ja dafür sorgt, daß die Ärzte keine Angst mehr vor ihrem Hilfspersonal als Zeugen haben müssen.
Nur, was nützt das in streng katholischen Gegenden, in denen kaum ein Arzt bereit ist, eine Indikation zu bescheinigen. Und wenn doch, kaum ein Krankenhaus vor Ort bereit ist, den Abbruch vorzunehmen. Dazu müssen dann Frauen aus dem Allgäu nach München pilgern. Oder nach Holland. Denn der Instanzenweg ist lang und mühsam. So lang, daß die vorgegebene Zwölf-Wochen-Frist, in der eine Abtreibung überhaupt nur erlaubt ist, oft überschritten wird.
Frau glaubt es kaum – jetzt haben wir 1988. Die Jahreszahl spielt keine Rolle, es könnte auch 1612 oder irgendwann sein. Denn in Bayern, dem Land des Rückschritts, hat man zahllose Frauen und ihren Arzt, Dr. Theissen, auf Null zurückgeworfen.
Seit 1977 hat der Arzt im kleinen Memmingen etlichen seiner Patientinnen geholfen. Illegal, für 400 Mark im Schnitt. Die Krankenkassen kostet ein ambulanter Eingriff zwischen 210 und 240 Mark. Als Theissen von der Steuer überprüft wurde, nahm man auch gleich seine Patientinnenkartei mit und reichte sie an die beglückte Staatsanwaltschaft weiter. Eingeleitet wurden schließlich 279 Strafverfahren gegen Frauen und 78 gegen Ehemänner und Freunde. Und gegen Dr. Theissen, natürlich.
Zu Gericht in Sachen Frauen sitzt ein gebündelter Haufen Männer. Drei Richter, zwei Staatsanwälte, zwei Schöffen, ein medizinischer Gutachter. Sicher haben die Frauen ihres Lebens: Mütter, Großmütter, Ehefrauen und Freundinnen im Laufe der Zeit auch schon abgetrieben. Nun, dafür ist der Gerichtssaal von Frauen gefüllt, demonstrieren Frauen auf der Straße, nehmen Frauen im ganzen Land empört teil.
Politisch verantwortlich für den Memminger Massenprozeß ist allerdings auch eine Frau: die bayerische Justizministerin Mathilde Berghofer-Weichner, CSU.

Aber Memmingen ist kein Einzelfall. Auch in Koblenz hat die Staatsanwaltschaft die Patientinnenkartei eines Frauenarztes beschlagnahmt. Jetzt wird ermittelt, von der Kripo in der Privatsphäre herumgeschnüffelt. Daß dabei auch noch die ärztliche Schweigepflicht ausgehebelt wird, scheint nur am Rande zu interessieren.

Bis heute wurden in Memmingen gegen 174 Frauen Geldstrafen zwischen 900 und 3200 Mark verhängt. Viele denken: »Die sollen ruhig zahlen, damit sie merken, wo's weh tut.« Stellen sich eine Gratisabtreibung amüsant vor. Die Indikation hat bei den Patientinnen des Memminger Arztes gefehlt, heißt es. Das kann doch nur jede Frau selber beurteilen. Wie ich schon 1971 schrieb:

»Wenn man schon als Frau damit geschlagen ist, für ein Wunschkind neun Monate in den Sand zu setzen und beim nächsten noch einmal usw., sollte es einem wenigstens erspart bleiben, für unerwünschte Kinder die ungewollte Last zu tragen. Ich sehe schon Mann und Weib zusammenzucken. Denn aus unerfindlichen Gründen, wahrscheinlich, damit man sie besser erträgt, sind ja die Beschwerden der Schwangerschaft allerorts heilig gesprochen. Nichtsdestotrotz – da muß man wohl lange reden, um einer Frau, die vergewaltigt wurde oder die den Mann nicht liebt oder die Kinder nicht mag oder die ihre Ausbildung erst in Ruhe beenden möchte oder die Kinder zu sehr mag, um ihnen diese Welt zuzumuten, diesen Zustand zu versüßen.«

Es ist schon ein Jammer: Frauen, die keine Kinder kriegen können, sehnen sich krank und stellen sonst was an, um Mutter zu werden ...

Man hält uns 218-Gegnerinnen wohl für kinderfeindliche Schlampen. Aber auch begeisterte Mütter wollen vielleicht nicht mehr als neun Kinder haben. Und auch nicht jedes Jahr eins.

Es gibt Frauen, die später trauern, weil sie ihre Kinder nicht

bekamen. Wäre ich verantwortungsloser, hätte ich auch gerne von jedem Liebhaber eins. Um zu sehen, was die Mischung hergibt.
Aber: Es geht ja nicht nur ums In-die-Welt-Setzen. Wer kann schon Kinder erziehen? Wer für das Glück seines Kindes garantieren? Selbst für den einfachsten Beruf braucht man drei Lehrjahre. Und wie viele mehr, um Arzt zu werden!
Aber das Verantwortungsvollste, was es überhaupt gibt: aus einem Kind einen Menschen machen, überläßt man jeder, deren Körper zum Gebären gesund genug ist. Selbst wenn wir von Haus aus begnadete Eltern wären, könnten wir trotzdem die Verantwortung für das Leben unserer Kinder nicht tragen. Die Umwelt ist stärker.
Frauenrechtlerinnen motzen darüber, daß in China jede Frau nur ein Kind haben darf. Obwohl das nun wirklich nur klug und weise ist.
Ich habe neulich Bilder von Föten gesehen. Mit Händen, Füßen, Fingern, Zehen, Kopf. Mir wurde ganz schlecht beim Gedanken, daß unsere Kinder auch schon so aussehen, wenn sie abgetrieben werden. Aber noch schlechter wird mir, wenn ich daran denke, wer alles nicht abgetrieben wurde. An das Gezerre um unglückliche Kinder, Mißhandlungen ungelieber Kinder, Hilfsschule, versautes Leben, junge Soldaten, Folterer, Diktatoren, Geschundene. Es werden Kinder gezeugt – und Kriege geführt, um sie wieder loszuwerden.
Viele fragen: Hat sich das mit der Pille noch nicht bis nach Memmingen herumgesprochen? Oder ist sie wirklich so gesundheitsschädigend, wie manche sagen? Aber auch Pessare, Spiralen und Gummis sind ja keine Garantie.
Den Arzt Dr. Theissen versteh ich allerdings nicht. Er hätte die Formalitäten der Behandlungen ganz anders laufen lassen können. Jede Abtreibung als Ausschabung deklarieren: wegen Blutungen. Als Krebsvorsorge. Aufgrund von Myomen. Das machen viele Kollegen in ihrer Praxis. Die Kassen zahlen, die

Frauen müssen nicht zusätzlich zu ihrem Elend darüber grübeln, wo sie das Geld herkriegen. Und der Arzt hat keinen Ärger mit der Steuer.
Jetzt geht die Angst um. Jeder Prozeß schüchtert ein. Nicht nur Angeklagte zittern, wenn es um Intimitäten geht. Auch Zeugen. Noch schlimmer als wir sind Ausländerinnen dran. Die haben, mit ihren vielen Kindern, jetzt auch noch Angst vor der Ausweisung.
Schade, daß so viele Frauen Angst vor der Schande haben. Nur die Flucht nach vorne führt zum Sieg. Aber ich hab gut reden, ich leb ja nicht in der Provinz. Dort ist es sicher ein Spießrutenlaufen. Obwohl in den meisten anderen Familien auch schon mal abgetrieben wurde.
Bayern ist ein Pflaster für sich. Wer das Pech hat, da zu leben, kann ein Lied davon singen. Die Knäste sind viel schauriger als im Norden, die Strafmaße höher, Richter und Politiker frecher. Wenn man schon davon ausgeht, daß eine Frau nicht in der Lage ist, ihre Situation selbst zu beurteilen, sollten zumindest für den gesundheitlichen Teil Mediziner, und nicht Juristen, zuständig sein.
Doch in Bayern will man uns Frauen zur Ordnung rufen, damit wir nicht übermütig werden. Will uns die Freude an der Abtreibung verleiden. Uns zeigen, wo es langgeht. Da müssen wir denen wohl zeigen, wo wir langgehen.
Keine Frau treibt aus Jux ab.

Ingrid Strobl

Kalter Nieselregen. Wir stehen auf der Düsseldorfer Tannenstraße vor der Nebenstelle des Oberlandesgerichts und warten auf Einlaß. Stundenlang. Bleich und blaulippig, eng aneinandergedrängt. Ziviler als in Hamburg und Berlin dürfen Publikum und Presse durch denselben Eingang. Die Beamten hier sind auch schwer bewaffnet, aber das nehmen wir fast schon hin. Am Wochenende gab's in der Nachbarstadt Essen eine große Solidaritätsdemo für Ingrid Strobl. Das macht die hier wohl nervös.

Eine Kollegin erzählt, daß der Vorsitzende Richter Arend als ungewöhnlich revisionssicher gilt. Zehn Jahre Terroristenprozesse und nur ein einziger Fall, der von Clemens Wagner von der RAF, konnte wieder aufgerollt werden. Der Fall Strobl sei nun der letzte in dieser Kammer für Arend, der danach zum Zivilsenat überwechselt.

Revisionssicher – das heißt nicht, daß kein Fehlurteil gefällt wurde, sondern nur, daß nichts an der Form der Urteilsbegründung zu beanstanden ist und daß die Verfahrensvorschriften eingehalten wurden.

Alle werden gefilzt, wenn auch viel freundlicher als in anderen Städten. Alle Ausweise werden fotokopiert. Als wir endlich im Saal sind, stehen immer noch Hunderte vor der Tür. Ein Riesensaal, unsere Plätze ganz weit weg von den Richtern und viel Platz zum Tanzen dazwischen. An die hundertzwanzig Zuhörer füllen die Bänke. Auf den vorderen etwa vierzig Journalisten, auf den hinteren auch ungefähr vierzig Zivilbeamte. Hochspannung. Die Staatsanwälte in roter Robe warten wie wir. Die Verteidiger gehen nervös hin und her, wie Tiger in der Arena. Edith Lunnebach, in engem Schwarz und weißer Brille zum schwarzen Haar und den dunklen Augen – sicher

eine einzige Provokation für das Gericht. Hartmut Wächtler, ein schlanker, pfiffiger Lockenkopf.
Wenn wir schon nervös sind, wie mag Ingrid Strobl sich fühlen? Sie mußte schon um 4.30 Uhr aufstehen, um aus ihrer Zelle in Essen hierhergebracht zu werden. Um 9.30 Uhr sollte die Verhandlung beginnen, jetzt ist es schon 10.25 Uhr.
Endlich. Ingrid Strobl kommt rein. Strahlend und jubelnd, als sie von ihren Freunden mit Applaus und Zurufen begrüßt wird. Sie umarmt ihre Anwälte eng und herzlich. Auch wir strahlen uns an. Viele Frauen haben rote Rosen für sie mitgebracht. Der Vorsitzende sieht aus der Ferne gemütlich aus. Vorsitzender Arend verliest: »Ingrid Strobl, Journalistin, Schriftstellerin, Dr. phil., Österreicherin. Am 20. 12. 1987 Festnahme und U-Haft München und jetzt Essen. Ich will nur wissen, ob Sie Einwände dagegen haben.« Gelächter, Rüge, Rüge.
Strobl: »Die Fakten stimmen, aber ich billige sie nicht.«
Der Vorsitzende warnt vor Störungen, droht Rauswurf und Ordnungshaft an. Die Öffentlichkeit wird vorweg reglementiert. Wächtler argumentiert gegen die Ablichtung der Ausweise. In Berlin sei gerade aufgeflogen, daß Daten einbehalten wurden. Für Verfassungsschutz, für Geheimdienst.
Vors.: »Ob Leute vom Geheimdienst hier anwesend sind, weiß ich nicht. Ich kann und will nicht jeden Zuhörer kontrollieren. Die Kopien liegen hier auf dem Tisch.« Als ob nicht von vornherein von jedem Ausweis mehrere Kopien gemacht werden können, die gar nicht erst auf dem Richtertisch landen.
Ingrid Strobl, ganz in Schwarz, kluges Gesicht, hat Charme, Wärme, Stil. Sie wartet darauf, ihre Erklärung vortragen zu dürfen, aber erst mal geht's noch lange hin und her. Als Wächtler als zweiter Pflichtverteidiger abgelehnt wird, sagt er: »Ich bin davon ausgegangen, daß die Staatsanwaltschaft nicht aus purem Vergnügen, sondern aus Notwendigkeit zwei Staatsanwälte hersetzt, denn die haben sicher auch anderes zu tun.«
Staats- und Bundesanwälte werden vom Staat bezahlt. Der

zweite Verteidiger also nicht. Für Ingrid wird das sehr teuer. Schon jetzt stehen vierzehn Prozeßtage fest, fünfzehn Leitz-Ordner sind voll und die Anwälte müssen immer aus München und Köln anreisen. Doch es hilft alles nichts. Dies sei ein relativ kleines Verfahren, behauptet die Staatsanwaltschaft, die einer Justiz mit fünf Berufsrichtern und einem vielköpfigen Verfolgungsapparat mit scheinbar unbegrenzten technischen und finanziellen Möglichkeiten angehört.
Die Anklage wird verlesen. Das bißchen, was schon x-mal durch die Presse gegangen ist. Nämlich, daß sie am 11. September '86 bei dem Uhrenfachgeschäft Wempe einen mechanischen Wecker der Marke »Emes Sonochron« gekauft hat. Dieser soll als Zündzeitverzögerer in eine unkonventionelle Sprengvorrichtung eingebaut worden und am 28. 10. 86 auf einem Balkon des Verwaltungsgebäudes der Lufthansa Köln explodiert sein. Anschlaganlaß: Protest gegen Sextourismus und Abschiebung von Ausländern. Sachschaden rund 130 000 Mark. Es sei nur ein Glücksfall, daß der seine Runden drehende Nachtwächter nicht zu Schaden gekommen sei.
Es wird auch erklärt, wie man auf Ingrid Strobl als Weckerkäuferin kam. Nachdem klar war, daß die »Roten Zellen« und ihr autonomer Ableger »Rote Zora« mit Hilfe des »Emes Sonochron«-Weckers Bomben bastelten, dachte man sich einen Trick aus, um dem zuvorzukommen. Kein Wunder, daß die Fahnder nervös werden, bei über zweihundertfünfzig Anschlägen der RZ und geschätzten mehreren hundert Millionen Mark Schaden. In einen Restposten von ungefähr 4000 kleinen Weckern, kaum fünfzig Mark wert das Stück, wurden mit einem Spezialgerät vierstellige Nummern eingebrannt. Da nur drei Millimeter hoch, eigentlich eine Arbeit für Feinmechaniker - hier mühte sich aber der Hauptkommissar des BKA. In Absprache mit den Uhrenhändlern wurden Videokameras in dreißig Geschäften eingebaut. Dadurch wurde auch Ingrid Strobl beim Kauf eines Weckers überführt.

Um vorzubeugen? Wohl nicht. Bei Ingrid zum Beispiel brauchte das BKA vierzehn Monate, um nachzuhaken. Wenn man eine überfallartige Verhaftung so nennen kann. Dreizehn Monate, nachdem angeblich der von Ingrid gekaufte Wecker in die Luft ging.
Pause.
Auch Ulla Penselin ist da. Die mit einem blauen Auge davongekommen ist. Wenn man es so nennen will – sie wurde neun Monate wegen § 129a unschuldig in Haft gehalten. Das Verfahren ist zwar eingestellt, aber sie bekommt keine Haftentschädigung: »Die sagen, ich bin selbst schuld, weil ich mich der Observation entzogen habe.«
Was heißt das? Müssen wir Frauen in Zukunft, wenn ein Kerl oder mehrere uns verfolgen, stehenbleiben und warten, um vielleicht vergewaltigt zu werden? Im Restaurant lauter sprechen, um vom Nebentisch besser gehört zu werden? Oder Richtmikrophone deutlicher bedienen: »Hier, nein hier bin ich!«?
Ulla hat sehr traurige Augen.
Wieder Auftregung im Saal. Edith Lunnebach berichtet, daß Autos und Personen vor dem Gerichtsgebäude durchsucht wurden, es sei auch zu Handgreiflichkeiten gekommen. Der Fahrer des einen durchwühlten Autos notierte sich das Kennzeichen des Polizeiwagens. Als die Polizei ihm den Zettel abnehmen wollte, gab er ihn an eine Frau weiter. Und weil auch sie sich weigerte, den Zettel abzugeben, wurde sie in Handschellen abgeführt.
Vors. Arend: »Mir ist nicht bekannt, was auf der Straße passiert. Das entzieht sich meiner Regelungsbefugnis. Es ist nicht meine Aufgabe, darüber zu rechten und das zu kontrollieren. Will ich auch nicht.«
Trotzdem bittet er die Leiter des Innen- und Außenschutzes zu sich. Für die ist alles ganz harmlos: Eine Bewohnerin der Tannenstraße hätte aus dem Fenster geguckt und gesehen, daß ei-

ne der Personen im Auto eine Schußwaffe hatte, und die Polizei gerufen. Die Waffe entpuppte sich als Kamera. Aber ansonsten gab es reichlich Waffen zu sehen. Nur in den richtigen, nämlich in Staats-Händen.
All diese Geschichten kosten Zeit und Nerven. Ingrid muß doch mit ihrer Erklärung wie auf Kohlen sitzen. Immer wieder ein neuer Anlauf, immer wieder kommt was dazwischen. Schließlich, von 13.20 bis 14.20 Uhr, die Mittagspause. Rausgehen lohnt nicht, denn dann muß man ja vielleicht wieder Stunden anstehen, um wieder reinzukommen. Kantine gibt's nicht. Keinen Schluck Kaffee. Bei jeder noch so kleinen Pause müssen wir raus aus dem Verhandlungssaal in den Vorraum. Frauen ruhen sich auf dem Fußboden aus, da Stühle fehlen. Sind von überall her angereist.
14.40 Uhr: Es geht immer noch nicht weiter.
Doch dann ist Ingrid dran. Mit einer Erklärung, die den Bogen von Bismarck bis heute spannt. Sie erklärt den Paragraphen 129 und den verschärften 129a als das, was sie sind. Daß der mit dem a unter anderem auch außerhalb der Gerichte alles erlaubt: Hausdurchsuchungen und Festnahmen, Straßenkontrollen und Personalienüberprüfungen, Telefonüberwachung und Observation, die Beschlagnahme von Büchern und Broschüren. Alles, ohne dafür einen konkreten, belegbaren Beweis vorweisen zu müssen. Der vage Verdacht, es könne ein Verstoß gegen Paragraph 129a vorliegen, reicht aus, die Menschen, die unter diesem Vorwurf verhaftet werden, unter Sonderrecht zu stellen. Das heißt konkret: Isolationshaft, Sicherheitstrakt, Hafträume ohne Fenster. Das heißt auch: nach Aufhebung der totalen Isolation erschwerte Haftbedingungen. Kontrolle der Verteidigerpost, Verteidigerbesuche hinter der Terroristen-Trennscheibe. Radikale Zensur von Briefen, Büchern, Broschüren, Zeitschriften, Besuchen. Das heißt: Besucherinnen und Besucher nur hinter der Trennscheibe sprechen zu können, doppelt überwacht von einer Gefängnisbeamtin

und einem Beamten des Landeskriminalamts, der bei jeder mißliebigen Äußerung den Besuch abbrechen kann.
Auch Ingrid kann niemandem die Hand geben, niemanden umarmen. Das läßt sich noch steigern, indem man die Gefangenen unter Kontaktsperre stellt.
... Ingrid: »Die NS-Wirtschaftsführer, die ganz Europa, von Frankreich bis Polen, ausgeraubt hatten, mußten sich kaum aus ihren Chefsesseln erheben, um sofort wieder neue Großprojekte zu planen. Gleichzeitig wurde erneut zum Halali geblasen gegen die Kommunistinnen und Kommunisten, die es gewagt hatten, das NS-Regime zu überleben, die es gewagt hatten – fast als einzige –, gegen dieses Regime Widerstand zu leisten. Die neue alte Waffe in den Händen ihrer Gegner war der Paragraph 129 ... Während der Rassenkommentator Globke in Adenauers Staatskanzlei renommierte, wurden 370 000 Ermittlungsverfahren gegen Kommunisten und GegnerInnen der Wiederbewaffnung eingeleitet. Während ehemalige Gestapo-Offiziere bei amerikanischen und bundesdeutschen Geheimdiensten ihr neues Auskommen fanden, wurde die Kommunistische Partei Deutschlands erneut verboten.«
Ingrid Strobl spricht auch von der neuen Konstruktion der »anschlagsrelevanten Themen« – »ein Dietrich, der alle Türen öffnet, die nach dem sonst herrschenden Recht verschlossen wären. Allein im Zusammenhang mit Ermittlungen gegen mich wurden 28 Personen bis vor ihre Haustür bespitzelt. Etliche wurden auch noch vorübergehend festgenommen, nachdem die Herren des Morgengrauens ihre Wohnungen auf den Kopf gestellt hatten. ... Da reicht es zum Beispiel schon aus, daß jemand mehr als einmal mit mir telefoniert hat. ... Da soll signalisiert werden: Wenn ihr die Finger nicht von gewissen Themen laßt, dann steht ihr mit einem Bein schon im Gefängnis ... Anschlagsrelevant ist immer exakt das Thema, über das die Herrschenden lieber den Mantel des Stillschweigens breiten würden. Zur Zeit sind das die Themen Flüchtlingspolitik,

internationaler Sexismus, Gentechnologie und die Situation der politischen Gefangenen.
... Ich lasse mich aber nicht zum Schweigen bringen. Ich hab mein Leben damit verbracht, meine politische Haltung zu artikulieren in Artikeln, Büchern, Diskussionsbeiträgen. Und ich bin auch jetzt nicht bereit, mir den Maulkorb umzuhängen, der unsichtbar in diesem Raum für mich ausliegt.«
Applaus, Applaus. Ingrid strahlt. Der Vorsitzende nicht: »Entfernen Sie die beiden mittleren Reihen, wenden Sie unmittelbaren Zwang an.« Da springen die vielen jungen, sportlichen, nett aussehenden Männer im Pullover wie von der Tarantel gestochen von den Stühlen und zeigen, daß sie kräftig sind. Nicht mit Knüppeln wie in Hamburg, aber immerhin. Für Düsseldorf reichlich herbe. Geschrei. Junge Frauen wehren sich gegen die männlichen Übergriffe. Mir ist ganz schlecht, anderen auch. Ingrid strahlt nicht mehr.
Wie überflüssig das Ganze. Der Vorsitzende hätte ja auch freundlich sagen können: »So, jetzt reicht's«, und weitermachen. Die Journalisten der Region sind fassungslos. Arend hat sonst den Ruf, hart aber gerecht zu sein. Er hat zum Beispiel die vierzehn Angeklagten aus Wuppertal gegen die Bundesanwaltschaft freigesprochen. Wächtler stellt den Antrag, die verkleideten Polizisten in Uniformen zu stecken. Wie soll man sie sonst auch von anderen Schlägern unterscheiden. Abgelehnt.
Anwältin Lunnebach, nach einer der x Pausen: »Der Polizist in Zivil, fünfter von links in der letzten Reihe, hat draußen gerade ›Na, du alte Kuh‹ zu mir gesagt. Ich möchte Sie bitten, ihn auszuschließen.«
Vorsitzender: »Wie die Polizei sich einsetzt, ist nicht Sache des Vorsitzenden. Der Antrag auf Ausschluß des Zivilbeamten wird zurückgewiesen, da die Beleidigung nicht in der Sitzung, sondern in einer Verhandlungspause erfolgte. Sie können ja Anzeige erstatten.«
Sie: »Fragen Sie ihn doch, ob er das gesagt hat.«

Vors.: »Ich bin kein Ermittlungsbeamter.«
Immer das gleiche. Richter und Polizei arbeiten getrennt, aber Hand in Hand.
Wächtler stellt einen Ablehnungsantrag gegen den Richter. Pause.
Als der Vorsitzende wieder reinkommt, kriegt er mit, daß eine Frau Grüße an Ingrid ausrichtet. Brüllt: »Keine Gespräche außerhalb der Besuchszeit in vorgesehener Besetzung.« Zu den Polizisten: »Wenn das noch mal passiert, müssen Sie sich einschalten.« Dann: »Ich halte mich nicht für befangen. Und hier sind auch keine verkleideten Polizeibeamten im Raum, sondern Polizisten in Zivil.«
Gelächter. Er droht wieder mit Rausschmiß und Ahndung. Jetzt will er vernehmen. Ingrid verweist auf ihre vierzehnseitige Einlassung vom 16. 8. 88.
Vorsitzender: »Sie meinen, daß Sie die Anklage widerlegt haben. Aber das entscheidet sich erst, wenn wir ins Beratungszimmer gehen.«
Ingrid, die sagt, daß sie sich nicht mehr konzentrieren kann, besteht auf einem Vorlesen.
Arend liest: »... Ich soll als potentielle Auskunftsperson eingeschüchtert werden, ich soll mit einer langen Haftstrafe bedroht werden, damit ich sage, für wen ich das corpus delicti, den Wecker, gekauft habe. Da ich diese Auskunft verweigere, befinde ich mich de facto in einer Art Beugehaft.«
Sie habe den Wecker gekauft, um einem Freund X, der ihn als Geschenk für einen Freund brauchte, einen Gefallen zu tun. Als der Freund mal wieder durch Köln kam, holte er ihn bei ihr ab. Plus Quittung und Garantieschein. Gab ihr das Geld. Die Sache war erledigt. Fünf Monate später erzählte eine *Emma*-Kollegin von einem seltsamen Anruf einer Frau L.: eine Warnung. Sie, Ingrid, werde abgehört, ein Fernsehfilm zum zehnjährigen *Emma*-Jubiläum sei der Stolperstein gewesen. Ingrid dachte: Frau L. spinnt. Hakte aber nach. Die Warnungen

wurden massiver. Es war die Rede von einem Wecker, der beim Anschlag auf die Lufthansa verwendet worden sei.
Ingrid lebte weiter wie bisher, arbeitete an ihrem Buch über Frauen im Widerstand gegen den Faschismus. Über ein Jahr, ohne sich zu verstecken, ohne auszuwandern, ohne sich einen falschen Paß zu besorgen, ohne ihre Adreßbücher wegzuschmeißen. Von zahlreichen Auslandsreisen in dieser Zeit im Zusammenhang mit Recherchen zu ihrem Buch ist sie jedesmal in ihre Wohnung nach Köln zurückgekehrt. Dann die Festnahme. Obwohl sie von den vielen Hausdurchsuchungen hörte, ging sie nach Hause – zu den schon wartenden Maschinenpistolenhaltern.
Sie habe erst so spät ausgesagt, weil sie die Anklageschrift abwarten wollte, in die sie und ihre Anwälte erst nach acht Monaten Einblick erhielten. Daß sie ihren Freund X nicht preisgebe, sei eine Frage ihrer politischen Moral: »Meine Haltung in dieser Frage hat nichts mit Märtyrertum zu tun, ich bin ein politischer Mensch. Ich bin jetzt 36 Jahre alt und begreife mich seit meinem sechzehnten Lebensjahr als Linke, seit Anfang der siebziger Jahre als Feministin. Ich habe meine politische Identität nicht aufgegeben, und ich könnte sie auch nicht aufgeben, ohne mich selbst aufzugeben. Zur politischen Moral gehört für mich, daß man andere Menschen nicht der Verfolgung durch den Staat aussetzen kann. Nicht zulassen, daß ein einzelner von einem ganzen Apparat gejagt, zermürbt und womöglich zerstört wird. Diese Haltung bestimmt mein Leben, meine Identität, meine Integrität.«
Irgend jemand reagiert da anders. Irgend jemand hat sie der Verfolgung durch den Staat ausgesetzt.
Ulla Penselin wurde vorgeworfen, daß sie bereits polizeilich in Erscheinung getreten sei – Ingrid Strobl warf man das Gegenteil vor. Auch Ingrids Lebenswerk wird doppelt genutzt. Erst als Grund dafür, nicht abzutauchen vor dem Knast, weil sie ja im Untergrund nicht daran arbeiten könne. Und jetzt als

Grund dafür, sie nicht aus der überlangen U-Haft zu entlassen, weil sie ihr Buch ja auch bequem im Untergrund schreiben könne. Es stimmt schon – sitzt man einmal in der Falle, gibt es nichts, was nicht gegen einen spricht.

Das wissen auch die Frauen, denen man jetzt mit Beugehaft droht, weil sie über eine gesuchte Frau aus ihrer Wohngemeinschaft nicht aussagen wollen. Geldstrafen haben sie schon bezahlt. Jetzt müssen sie sich, total verängstigt, darauf einstellen, in den Knast zu wandern. Auch *ihre* Wohnung wurde gründlich durchsucht. Gründlich entweiht. Mit dem, was die Freundin getan oder nicht getan hat, haben sie gar nichts zu tun.

Ingrid: »Zu sagen, für wen ich den Wecker gekauft habe, würde nur bedeuten, noch einen Menschen dieser ziemlich brutalen Maschinerie auszuliefern, der ich unterworfen bin. Und weitere Menschen, die Bekannten, Freundinnen und Freunde und KollegInnen dieser Person dem Räderwerk von Ermittlung und Erfassung, von Schnüffelei und Verdächtigungen auszusetzen.«

Vors. Arend, ganz milde: »Ich möchte gern auf Ihre Aussagen eingehen. Doch wenn Sie uns für Unmenschen halten, wenn Sie meine dreißigjährige Tätigkeit als Richter in Zweifel ziehen, ist der Dialog zu Ende. Überlegen Sie sich das genau bis morgen.«

So drohend wie alles, was er heute in aller Freundlichkeit gesagt hat.

Als wir uns über den vergangenen Prozeßtag unterhalten, sagt Edith Lunnebach: »Um die Stimmung des Richters geht es nicht.« Ich: »Doch, geht es immer.«

Ein Tag später. »Guten Morgen!« rufen alle, als Ingrid reinkommt. Wieder Geschrei und Gekabbel.

Vorsitzender: »Ich werde auf nichts mehr eingehen, nur noch stringent verhandeln«, als Ingrid nichts vom Vortag zurücknimmt. Nun hat er gebuhlt, ist sicher enttäuscht.

Ingrid erklärt ihre Vorbehalte mit dem, was sie vierzehn Mo-

nate im Gefängnis und jetzt vor Gericht erlebt hat. (Sie wollte auch ausländischen Mitgefangenen Deutschunterricht geben. Aus Angst, sie würde ihnen sonst was beibringen, wurde auch das nicht erlaubt.)
Oberstaatsanwalt Lampe: »Unmenschlich? Ein so liberaler Strafvollzug, wie wir ihn haben, ist in der Welt an einer Hand abzuzählen.« Gelächter, obwohl es leider stimmt. Macht es nicht besser. Isolation ist trotzdem ein Verbrechen.
Ingrid wirkt heute sehr erschöpft. Mitten aus der Isolation so viele Menschen, so viele Freunde und Feinde auf einmal.
Gekabbel, Gekabbel, Scharmützel. Der Vorsitzende gibt dauernd Anweisungen wie ein strenger Vater, Vormund, Oberlehrer, der nicht mit sich reden läßt.
Wächtler: »Ich fühle mich durch diese Verhandlungsführung beeinträchtigt. Ich bin das nicht gewohnt.«
Vors.: »Ich kann Ihre Gefühle nicht teilen.«
Wächtler: »Man meint, man weiß schon alles, und sperrt sich deswegen gegen die Wirklichkeit. Es dauerte sechzehn Monate, bis die Verkäuferin des Weckers vernommen wurde. Wenn man alles weiß, ist man nicht mehr neugierig.«
Vors.: »Es ist viel Publikum da, da will man was darstellen.« Bei ihm ist das wohl in die Hose gegangen.
Wächtler: »Dies ist eine Beugehaft, am Ende steht vielleicht eine Beugeentscheidung. Wir wollen nur Festlegungen aufbrechen.«
Vors.: »Wir auch. Frau Strobl, *am Ende* steht die Entscheidung. Nach minutiöser Detailarbeit. Frau Strobl, warum haben Sie nicht am ersten Tag der Verhaftung gleich gesagt, daß Sie den Wecker nicht für sich gekauft haben?«
Ingrid: »Weil ich erst nach acht Monaten Akteneinsicht hatte. Meine Verteidiger rieten mir, nichts vor Akteneinsicht zu sagen. Bin denen dankbar, da ich selber ein sehr spontaner Mensch bin und alles, was man sagt, gegen einen verwendet wird.«

Es heißt, daß Rebmann die »Roten Zellen« gefährlicher als die RAF findet, sie eine »guerilla diffusa« nennt.
Ingrids Texte werden verlesen. Kolumnen, erst aus der *Emma*. Vor der ernsten Richterbrust, über das ganze Titelblatt, das groß lachende Gesicht von Alice Schwarzer.
Wenn's nicht so traurig wäre, wär's lustig.
Ingrids Texte sind toll. Gut und aufrüttelnd. Was hat sie noch über ihre Arbeit gesagt?
»Meine Form der politischen Arbeit ist die Theorie. Ich drücke meine Gegnerschaft zu einer Gesellschaft, die das Leben der Menschen beschneidet, bedrückt und oft genug direkt und brutal vernichtet, durch meine Arbeit, Bücher, Vorträge, Diskussionsbeiträge aus. Und ich tue das in der Hoffnung, daß ich dadurch andere überzeugen kann, daß sie Unterdrückung, Ausbeutung, Entwürdigung nicht hinnehmen müssen. Für eine praktische politische Arbeit fehlte mir, seit ich bei Emma gearbeitet habe, leider die Zeit. ... Ich habe das bedauert. Auch die Theoriebildung braucht, will sie nicht rein abstrakt und damit nutzlos bleiben, die lebendige Diskussion, die reale gesellschaftliche Auseinandersetzung.«
Und weiter: »Meine Situation war häufig für mich sehr unbefriedigend: Ich habe einen Artikel geschrieben, einen Vortrag gehalten, eine meist sehr radikale Position vertreten – und konnte mich dann an den Diskussionen, die ich durch meine Haltung auslöste, nicht mehr beteiligen, zumindest nicht kontinuierlich, verantwortlich und mit der nötigen Verläßlichkeit. Trotz dieses Mankos habe ich meine Prioritäten gewählt. Ich glaube, daß ich schreiben kann, und ich glaube auch, daß ich Menschen damit überzeugen kann. Ich glaube daher auch, daß meine politische Arbeit in dieser Form nicht ganz nutzlos ist.«
Wieder begründeter Applaus.
Natürlich ist Schreiben Macht. Natürlich gibt es Schreibtischtäter. Ingrid Strobl ist eine im besten Sinn.

Mord für Mord

26.2.87. Strafjustizgebäude Hamburg. Warten, Ungeduld. Schon um 8.30 Uhr da, um nichts zu verpassen. Große Foto- und Filmsession vorm Saal. Um 9.00 Uhr soll es losgehen, um 9.50 Uhr sitzt endlich der Angeklagte Harald Ruthenberg, an einen Beamten gefesselt, auf der Anklagebank. Sehen aus, so nebeneinander, wie ein scheues Liebespaar. Ruthenberg, der an der Verhandlung nicht teilnehmen will, ist unausgeschlafen, unrasiert, blaß. Hat dichtes, dunkles Haar, Schnurrbart, T-Shirt, Jeans. Und Turnschuhe, wie die Grünen im Parlament.
Der Vorsitzende Jürgen Schenck: »Versprechen Sie, sich wie ein gesitteter Mensch zu verhalten? Dann sind Sie die lästigen Dinger gleich los.«
Erst als die Fotografen draußen sind, wird auch der 37jährige Mitangeklagte Wolfgang Lübbe, Ruthenbergs Freund, reingeführt. Blond, tätowierte Hände, Jeans und Cowboystiefel. Sagt: »Da ich mit der Sache nichts zu tun hab, sollen auch keine Fotos von mir in die Zeitung.« Und verweigert die Aussage. Lübbe war nach der Ausbildung zum Blechschlosser lange als Ingenieursassi auf großer Fahrt, wollte sich weiterbilden. Zwei Jahre Wartezeit setzten einen Riegel davor. Hat aus zwei Ehen insgesamt vier Kinder. Das jüngste wurde geboren, während er auf der Flucht in Brasilien war. Seine junge, hübsche Frau ist da und wirft ihm sehnsüchtige Blicke zu.
Mit welcher Sache will Lübbe nichts zu tun haben? Mit dem sehr gründlichen Mord an dem angesehenen Bankkaufmann Jürgen Frahm, 42, am 22. Februar 1985, im Wald bei Tostedt. Der verheiratete Mann war, wie manch anderer verheiratete Mann, Kunde bei einem Callgirl. Was das mit der Sache zu tun hat? Auch sie wurde ermordet, und der Mord an ihr war der Auslöser für den zweiten Mord. Denn ihr Mann, der jetzt an-

geklagte Harald Ruthenberg, hielt Frahm für den Täter. Monika Ruthenberg, früher Verkäuferin bei Peek & Cloppenburg, seit neun Jahren als »Nina Sanders« in ihrem neuen Beruf tätig, wurde am 1. November 1984 nackt, erdrosselt an den Türdrücker in ihrem Rahlstedter Arbeitsappartement gehängt, von ihrem Mann aufgefunden. »Ich hab sie abgehängt.«
Kripobeamter: »Herr Ruthenberg war sehr aufgeregt, total aufgelöst, weinte, hat praktisch unsere Arbeit am Tatort behindert. Er stammelte und wimmerte nur noch: ›Dieses Schwein, diese Sau, wer war das, den bring ich um!‹« – Danach wurde er Dauergast der Mordkommission, am Telefon und in Person, und nervte die Beamten.
Ruthenberg: »Ich war sehr aufgeregt, fast kopflos. Wurde der Kripo lästig. Ging immer wieder hin.« Er vermutete den Mörder seiner Frau bei der Konkurrenz aus dem Milieu oder unter den Freiern. »Niemand nahm mich ernst. Die gingen meinen Hinweisen nicht nach. Ich fühlte mich sehr alleingelassen.« Das war er auch. Denn die Polizei hielt *ihn*, ohne daß er es wußte, für den Mörder.
Ein Mord war geschehen, den zweiten hätte man sicher verhindern können, wenn man Harald Ruthenberg auch nur einmal ernstgenommen hätte.
Die Geschichte ist nicht neu. Mir fallen Filme ein. Tausend Krimis leben davon, daß der Held, von der Polizei im Stich gelassen, im Alleingang den wahren Täter sucht. Doch was dem Angeklagten hier zur Last gelegt wird, ist schauriger als in den meisten Filmen.
Staatsanwalt Reitzenstein zählt auf: Opfer betäubt, entführt, geschlagen, beide Ohrmuscheln ab, beide Arme fast ganz abgehackt, Penis abgeschnitten, die Gliedmaßen mit Paketband abgebunden, um ein Verbluten zu vermeiden, mit Rasierklingen gefoltert. Wollte aus Rache ganz langsames, qualvolles Sterben.
Vorsitzender: »Ihnen wird eine Tat vorgeworfen, die für einen normalen Menschen schwer begreiflich ist.«

Ruthenberg: »Der Mord an meiner Frau ist für mich auch schwer begreiflich. Sie werden sicher verstehen, daß ich ausgeschlossen werden möchte. Da ich doch nicht aussage, was soll ich hier? Seit 28 Monaten spiele ich den Mörder meiner Frau. Da sind meine Nerven nicht die besten.« Er versucht mühsam, sich zu beherrschen, kann vor Aufregung kaum sprechen.
Vorsitzender: »Das ist so nicht möglich. Ein Ausschluß ist laut Gesetz nur durch Störung des Angeklagten zu erzwingen. Wie in manchen Terroristenprozessen.«
Ruthenberg stört aber nicht, erzählt: »Abgebrochene Lehre, wir Kinder wollten alle schnell aus dem Haus und Geld verdienen. Hab mir später Wissen angeeignet, als Kfz-Mechaniker, Drucker usw. Meine Frau verstand sich mit jedem. Meine Frau hatte einen guten Charakter. Wollen Sie alles hören? Ich hab 64 Seiten als Gedächtnisstütze geschrieben. Am 31. 10. 84 waren meine Frau und ich im Appartement. Und als es klingelte, ging ich durch die Kellertür. Wartete im Wagen auf unser Zeichen, daß sie allein war. Sah zwei Herren, hielt sie für Vertreter. Der eine, klein und bärtig, hockte sich vor dem Terrassenfenster meiner Frau hin und versuchte reinzugucken. Ich verscheuchte ihn. Einen Teil der Nummer vom Mercedes konnte ich erkennen. Das erzählte ich auch der Mordkommission, als meine Frau tot war. Diesem Hinweis gingen die nicht nach. Ich fand den Inhaber auf eigene Faust. Es war Udo L., und der sagte: ›Wir waren bei der Negerin.‹ Frahm hätte sie gebumst, er selbst hätte nur gewartet. Er gab mir Frahms Adresse. Der sagte, Udo L. hätte die Negerin gebumst und er hätte nur zugesehen. Zur Tatzeit wäre er mit einer Kollegin essen gewesen. Und am Tag davor mit Udo L. im Restaurant und in der Bücherhalle. Warum ich das wissen wollte? – ›Weil ich den Mörder meiner Frau suche.‹ Und weil ich da noch nie ne Negerin gesehn hab, fragte ich: Wie sah denn die Negerin aus? ‹ – ›Dicker Kopf, dicke Nase, dicker Hintern.‹ Frahm log ständig, wenn ich Auskünfte verlangte. Ich überprüfte alles. Bücherhal-

le? Die war doch am Mittwoch geschlossen. Das Restaurant auch. Habe mich viele Male mit Herrn Hesse von der Mordkommission unterhalten, ging immer wieder hin. Sagte: ›Merkwürdig, daß ein Filialleiter sich in seiner Freizeit als Spanner betätigt.‹ Hesse: ›Lassen Sie den Mann in Ruhe, sonst nehmen wir Sie in Haft. Frahm hat ein Alibi.‹«

Woher Hesse das so sicher wissen konnte, ist mir nicht klar. Denn Frahms Alibi wurde erst nach dessen Tod überprüft. Hieb- und stichfest ist es immer noch nicht. Man hatte ihn nie erkennungsdienstlich behandelt. Begründung: Frahm sei doch ein seriöser, nicht vorbestrafter Bankkaufmann. Erst von der Leiche wurden Fingerabdrücke gemacht. Dabei stellte man fest, daß der einzige vorhandene Abdruck auf einem Glas nicht von Frahm war. Verteidiger Bossi: »Wie schnell man als Tatverdächtiger ausscheiden kann, wenn man Bankkaufmann ist, ist erstaunlich. Wenn ich mich in Ruthenbergs Lage versetze, der überengagiert ist, weil er seine Frau verloren hat ...«

Bei der Mordkommission wurde Ruthenberg ein Phantombild gezeigt von einem schmächtigen Mann mit Vollbart und Brille, der viele Callgirls überfallen und mißhandelt haben soll. Ruthenberg ließ Frahm eine Zeitlang in Ruhe und jagte dem Phantom nach. Bald glaubte er, den Verdächtigen gefunden zu haben, einen bärtigen Studenten namens Bollmann. Ruthenberg verletzte ihn durch eine Kugel am Kopf, verfolgte ihn ein andermal mit dem Wagen schwer bewaffnet durch die ganze Stadt. Als die Polizei Ruthenberg anhielt, rief er: »Nehmen Sie diesen Mann fest, das ist der Mörder meiner Frau.«

Die Polizei stellte Waffen bei Ruthenberg fest. Zwei Pistolen, einen Basketballschläger, ein Beil, Handschellen und zwei Tränengassprühdosen. Unternahm aber immer noch nichts.

Zur Tat befragt, sagt Harald Ruthenberg nur: »Ich war nicht allein, ein Bekannter war dabei. Ich möchte lieber, daß Dr. Maisch erzählt, ihm hab ich alles gesagt.«

Erst sagen aber noch einige andere aus.

1. Eine Hausfrau, die am 22. 2. 85 frühmorgens im Dunkeln laute Hilfeschreie hörte, in der Nähe ihres Tostedter Reihenhauses einen schnellen Kastenwagen vorbeifahren sah, und im Freien eine Tasche mit Butterbroten und drei Wollmützen mit Sehschlitzen fand.
2. Frahms Freund Udo L., Kaufmann, Wirtschaftsberater, der sich in Widersprüche verwickelt. Bossi: »Wenn Sie's in der Öffentlichkeit nicht sagen mögen (das mit der Negerin) ...« Vorsitzender: »Wir sind ja hier kein Betverein. Wir kennen das eh.« Udo L. will nie mit Frahm über den Tod Monika Ruthenbergs gesprochen haben, obwohl der einen Tag nach dem gemeinsamen Besuch dort geschah, will auch nie bei einem Callgirl gewesen sein. Als er genug gemurmelt hat, sagt Bossi: »Wir verzichten auf Vereidigung, da die Aussage dadurch auch nicht an Wahrheitsgehalt gewinnt.« Ruthenberg aber verlangt eine Vereidigung.
3. Zwei Straßenwärter: »Wir fanden den Mann. Er lag so auf dem Bauch, Hände nach hinten gefesselt, die Füße auch. Die Arme waren ab, hingen nur noch an einem Faden. Und die Ohren waren nicht mehr dran. Ich deckte ihn mit meiner Jacke zu und legte was unter seinen Kopf. Er sagte: ›Oh, meine Arme.‹ Und daß er überfallen wurde und daß er aus Hamburg war. Wenn man da ist, ist man aufgeregt. Ich bitte um Verzeihung. Er war noch ungefährt 40 Meter gerobbt. Das konnte man sehen.«
Wie ist es möglich, daß ein Mensch das alles erträgt? Gellend um Hilfe schreit, nicht mal das Glück hat, ohnmächtig zu werden. Nach all dem immer noch am Leben ist und in der Lage, Auskunft zu geben?
4. Ein Rettungssanitäter, der danach kam: »Er hat gerade noch geatmet, stöhnte. Die Extremitäten waren abgeschnürt mit Paketband. Auch der Penis. Wir hatten so was noch nie gesehen.«
5. Der Gerichtsmediziner Dr. Hildebrand. Der Vorsitzende fragte ihn: »Hätte er gerettet werden können, wenn er, sagen

wir mal, es waren ja ländliche Verhältnisse, nach 40 Minuten auf den Operationstisch gekommen wäre?« – »Es ist möglich. Er war ja ein recht kräftiger, völlig gesunder Mann. Ein reiner, klassischer Fall von Ausbluten.«

6. Zeugin Antje, eine selbstbewußte, junge Friseuse, hat, als sie aussagt, ihr hübsches Baby auf dem Schoß. Sie war Monikas beste Freundin und direkte Nachbarin. »Die Ehe war gut. Trennung? Nein, das hätte Monika mir erzählt. Sein Verhältnis zu der anderen Frau war ja schon vorbei, das war gegessen. Die Zeit nach dem Mord waren wir mit Ruthenberg zusammen, weil wir alle sehr traurig waren. Er war richtig fertig. Mochte nicht in seine Wohnung, weil ihn da alles an sie erinnerte. Darum machte ich die Wohnungsauflösung. Er hatte schon nen Haß, sagte immer wieder: ›Wer hat das bloß getan, wenn ich den erwische!‹ Monika und er hatten ein festes Ziel vor Augen. Sie wollten in ein, zwei Jahren ein Häuschen in Spanien kaufen. Sie war eher der Typ, wenn Harald Feierabend sagte, dann sagte sie, nee, den nehm ich schnell noch mit. Er ist nachts viel durch die Wohnung gegeistert. Wir entwarfen ein Plakat für die Hauswände und den Aldimarkt: ›Wer hat was gesehen? Telefonnummer und Belohnung.‹ Ruthenberg wollte 50 000 Mark zahlen, die ganze Lebensversicherung seiner Frau, ging aber auf 20 000 runter, weil die Polizei ihm dazu riet: »Sonst melden sich viele nur der hohen Summe wegen und stören die Ermittlungen.«

Ruthenberg: »Ich bekomm gar nichts mehr mit. Hab jetzt zwei Nächte nicht geschlafen, nichts gegessen. Magenkrämpfe. Ich bin nervlich am Ende. Ich könnte noch in der Sonne in Brasilien sitzen, mit den 50 000 Mark Lebensversicherung meiner Frau. Aber ich will den Mord an meiner Frau klären.«

Vorsitzender: »Wir machen jetzt eineinhalb Stunden Pause. Hauen Sie sich solange hin.«

In der Gerichtskantine sagen mehrere Juristen, daß Ruthenberg 500 000 DM von Monikas Lebensversicherung geerbt ha-

be und lassen es sich nicht ausreden. Das sei sein Motiv gewesen. Doch erstens waren es in Wirklichkeit nur 50 000 DM und nicht eine halbe Million, zweitens sind die Ermittlungen gegen ihn längst eingestellt. Er ist ja nicht deswegen gleich nach dem Mord an Frahm nach Brasilien geflohen.
Die restliche Zeit verbringe ich mit Ruthenbergs Schwester und ihrem Mann. Beide sind sehr aufgeregt. »In der BILD steht, er trägt eine protzige Uhr, als wäre es eine Zuhälter-Rolex. Dabei haben wir sie ihm geschenkt. Für 69 Mark in der Metro gekauft. Er war nie Zuhälter, sondern Hausmann. Er kochte, machte sauber, wusch, baute Schränke, renovierte. Und er nahm als einziger von uns sechs Geschwistern unsere rechtsseitig gelähmte Mutter zu sich. Er pflegte sie und brachte ihr unter großen Mühen das Gehen an der Krücke wieder bei. Er sagte zu ihr, solange ich lebe, kommst du nicht ins Pflegeheim. Vor unserem betrunkenen Vater sind Mutter und wir Kinder oft aufs Dach geflüchtet. Wenn meine Mutter heut noch leben würde, ich hätt sie in'n Gerichtssaal reingefahren. Wenn Monika noch leben würde, die würde um ihn kämpfen. Unsere Mutter starb, als er in Brasilien war. Sie war sein ein und alles. Wir wollen unser Haus verkaufen. Werden verfolgt, bedroht, belästigt, noch heute, nach zwei Jahren. Auch meine Mutter mochte das Haus nicht mehr verlassen, weil Leute von der Presse uns dauernd auflauerten. Mein Bruder sagte, ich will meinen Prozeß, und er selber wollte nach Deutschland zurück, und er ging sogar in den Hungerstreik, um das durchzusetzen, weil er erst in brasilianischer Haft erfuhr, daß er seine Frau umgebracht haben soll.«
Seine Schwester ist von Anfang bis Ende jeden Verhandlungstag im Gericht, obwohl sie als künftige Zeugin nicht in den Saal darf. Sie sagt: »Ich halt es zu Hause nicht aus.« Und: »Bossi kostet Geld, das bezahlen wir. Denn mein Bruder hat keinen Pfennig.« Sie und ihr Mann, einfache Leute, die erst nach Monikas Tod von deren Beruf erfuhren, geben für den Bruder al-

les her, was sie haben. Dessen Geld ist für die Suche nach dem Mörder seiner Frau zum großen Teil draufgegangen.
Herr Heier von der Kripo kommt als Zeuge auf den Mord an Monika zu sprechen: »Es liegt ja nahe, in Herrn Ruthenberg den Täter zu sehen.« Ruthenberg: »Und welches Motiv, Herr Heier?« Vorsitzender: »Der Mord an der Frau gehört nicht hierher.« Gehört natürlich doch hierher. Die Tragödie Frahms ist ja untrennbar damit verknüpft. Heier: »Er litt ja an Verfolgungswahn.« Harald Ruthenberg gibt wieder Beispiele für die miserable, wie er sagt »saumäßige« Ermittlung an. Seine Stimme überschlägt sich: »Hesse hat doch gesagt, ich schließe als Täter aus. Sie haben mich doch nur belogen. Und auch Frahm und Udo L. haben Sie doch nur durch meine Hinweise gefunden.«
Bossi: »Es macht zumindest eines klar: daß die Polizei Herrn Ruthenberg für einen Verrückten hielt, den man nicht ernst nehmen muß, über dessen viele Hinweise man nur lachen kann. Der verzweifelt, auf sich gestellt, sucht und sucht.« Ruthenbergs Beine zucken schon den ganzen Tag.
Danach erzählt Dr. Herbert Maisch, renommierter psychologischer Gutachter, von seinem Gespräch mit Ruthenberg. Ihm schilderte der Angeklagte aus seiner Sicht, wie er Frahm frühmorgens in einem Kastenwagen entführte, um ihn zum Reden zu bringen, wie das Opfer sich wehrte und schrie, wie Ruthenberg den vermeintlichen Mörder seiner Frau, gegen acht bei Tostedt ins Wäldchen schleifte, ihn mit einem Rasiermesser bedrohte, ein Geständnis hören wollte. »Ich sah, daß ich so nicht weiterkam.« Wie er Frahm eine nicht geladene Pistole in den Mund steckte und abdrückte. Wie er, als dann der arme Mann endlich zwei sich widersprechende Geständnisse ablegte, das Motiv wissen wollte. Wie er mit dem Geständnis nicht zufrieden war. Wie er dachte, daß er Frahm ›härter anpacken‹ müsse. Wie er, um das zu können, eine halbe Tablette LSD nahm, aber angeblich keine Wirkung verspürte.

Die muß aber doch reichlich da gewesen sein. Denn er schlug sein Opfer wie rasend mit dem Kopf gegen einen Baum, bis Frahm die Tat auf seinen Freund Udo L. schob und Ruthenberg 50 000 Mark anbot, um freizukommen.
Ruthenberg: »Da gingen mir sämtliche Bilder von meiner Frau durch den Kopf. Da hat die Kripo noch Frahm und L. in Schutz genommen, und der bot mir 50 000 DM. Er hätte mir Millionen bieten können. Sie hing da, war ja so wehrlos!« – Die Qualen beider Männer müssen, wenn auch verschieden, ungeheuerlich gewesen sein.
Ruthenberg dreht durch und verstümmelt, völlig entfesselt, sein Opfer: schneidet Frahm die Ohren ab, schlägt mit dem Beil auf ihn ein. Als Frahm ein Motiv für den angeblichen Mord an Monika nennt (»Wir wollten Perversionen, sie machte nicht mit.«) und behauptet, er selber habe ihr nur die Hände festgehalten – Ruthenberg: »Da rastete ich völlig aus, schnitt Frahm den Pimmel ab.« Und zuletzt: Wie er noch einmal in das Wäldchen zurückging und auch den zweiten Arm abhackte. »Ich wollte Frahm nicht umbringen. Er sollte leben. Was nützt mir ein toter Frahm?«
Danach die Flucht über Amsterdam nach Brasilien.
3. und 4. Tag: Noch viele Zeugen kommen. Es fängt wieder mit dem Todestag Monika Ruthenbergs an.
Kripomann Heinz Hesse wird befragt. Sehr adrett, überkorrekt aussehend, ein Mann grau in grau. »Ich habe Ruthenberg mehrfach gesagt, er solle sich etwas mehr zurückhalten. Er hat mir ganz klar zu erkennen gegeben, daß er den Täter umbringen würde. Das hat er mehrmals gesagt. Er kam immer wieder mit was anderem. Das Phantombild der Sitte wurde ihm gleich am ersten Tag gezeigt. Und am nächsten Tag noch mal.«
Die Kripo fand sein Auftauchen nicht nur lästig, sondern völlig blödsinnig. »Wir haben uns nicht gerade freundschaftlich unterhalten, ich habe mich da nicht zurückgehalten.«
Ruthenberg: »Wenn die Polizei mir Glauben geschenkt hätte,

wäre die ganze Sache Frahm in 48 Stunden aufgeklärt gewesen.« Aufgeklärt – so oder so. Auf jeden Fall würde der Mann heute noch leben.
Schulfreund Holger: »Er war total aufgelöst. Es wurde immer schlimmer. Wir hingen früher zusammen wie die Kletten. Wenn die Polizei nicht weiterkommt oder schlampt, muß man doch auf eigene Faust suchen. Hätt ich auch gemacht. Er war in der Schule sehr, sehr gut. Hat mir oft geholfen. Er war draußen hart, innen ganz weich. Der Süden, das waren keine Träume, sondern feste Pläne. Sie wollten sich selbständig machen.«
Ilona, Friseuse, ehemalige Geliebte: »Unser Verhältnis dauerte ein Jahr und war ein halbes Jahr vor Monikas Tod zu Ende. Davor rief Monika mich an, hat geschimpft. Als wir uns trafen, hatten wir ein ganz ruhiges Gespräch, und dann haben wir beide geheult zum Schluß.« Ruthenberg ist hochrot. Was fühlt er? Die weiche Stimme weiter: »Nach ihrem Tod rief Ruthenberg mich an, hat fürchterlich geweint.« Vorsitzender: »Hat er wieder Anschluß bei Ihnen gesucht?« – »Nee, überhaupt nicht.«
Ruthenberg war auch bei mehreren Wahrsagerinnen gewesen, in seiner Verzweiflung. Was wollte er von ihnen wissen? Zeugin Clarissa »Klärchen« Svensson, 62, Handleserin, alles andere als mystisch, sagt aus: »Ich sollte herausfinden, wer der Mörder seiner Frau war, Bollmann oder Frahm. Vor mir saß ein psychisches Wrack. Er hätte keinen Wahrsager, sondern eine Therapie gebraucht. Ein weicher, labiler Mensch. Sagte ihm, daß sich spontane Reaktionen nicht lohnen. Ein paar Nächte vor der Tat wollte er mich dringend sprechen. Mein Mann wimmelte ihn ab. Er war wohl in ziemlicher Not. Ich rechne es mir als Schuld an, ihn nicht gleich angehört zu haben. Er muß bei der Tat nicht bei sich gewesen sein.«
Bossi: »Ich kann die Frau nur bewundern. Was sie alles erkannt hat. Das Gericht verhandelt seit Tagen und ist weit davon entfernt. Wie wir gehört haben, hat das Gericht hohe Ziele.«

Die Gutachter sind dran. Der Toxikologe Prof. Schmoldt sagt: »Es war nicht LSD, sondern ›DOB‹!« – eine neue Designerdroge aus dem Labor. Darüber kann er nicht viel sagen, weil das Mittel nicht ausreichend untersucht wurde.
Gutachter Dr. Herbert Maisch geht einfühlsam auf Ruthenberg und seine schwere Kindheit mit dem rabiaten Vater ein. Auch auf seine gute Ehe. Auf den erstaunlichen IQ von 129. 97 Prozent aller liegen drunter. Hochschulniveau. Und auf die Fehler der Polizei. Und auf seinen Zusammenbruch. Erklärt ihn dann doch für schuldfähig. Sagt: »Die Laienvorstellung, das tut kein normaler Mensch ... Wenn es so wäre, dann gäbe es kaum eine monströse, absonderliche Tat.«
Zu den erwarteten Plädoyers kommt es nicht mehr. Bossi erklärt die drei Richter für befangen. Das Gericht vernehme die Zeugen voreingenommen, ohne Lust und Interesse. Die Kammer lehnt seinen Antrag aus formalen Gründen ab.
Das Urteil: lebenslänglich für Ruthenberg, sechs Jahre für den Mitangeklagten Wolfgang Lübbe. Die Verteidigung hat Revision angekündigt.
Ganz kurz kann ich Ruthenberg sprechen. »Ist es nicht schrecklich für dich zu wissen, daß du den falschen Mann umgebracht hast?« Ruthenberg verblüfft: »Wieso den falschen? Er war es doch!«
Selbst wenn – auch darauf hätte nicht die Todesstrafe gestanden.

P. S. Die Schwester, die ihn so liebt, ist jetzt auch kaputt. Auch ihr Geschäft. Und ihre Ehe. Alles, was sie hatte, ist für den teuren Verteidiger Bossi, der immer aus München eingeflogen werden mußte, draufgegangen.

Viel Feind - viel Ehr

Die *National-Zeitung* hat mir schon ganze Seiten gewidmet. Plumper und tröpfelnder das Hamburger Monatsblatt *Szene*. Zuerst anläßlich einer großen Fotoausstellung, 1986: »Richtig gemütlich ist es hier ..., auch wenn Peggy immer noch zu meinen scheint, alle schuldeten ihr ne Mark, wo die doch nie Eintritt zahlt.«
Dann in Nr. 2 1987 als Vorschlag für einen Anrufbeantworter der Peggy Parnass: »Schalom, ich bin eine engagierte, alles hinterfragende Jüdin. Und Sie?«
In Nr. 3 1987 meine Antwort: »Schalom, ich bin Peggy Parnass, eine engagierte, alles hinterfragende Jüdin. Und Sie? Können mich am Arsch lecken!«
Dann Nr. 2 1988 unter dem Titel »Taube Nüsse« und einem großen Foto von mir: »Verzichtet Gremliza auf seine Autorin, weil ihr Foto die neue, an *Tempo* orientierte *Konkret*-Aufmachung ruinieren würde?« Außerdem wurde ich bezichtigt, plattprogressive Potpourris zu produzieren und reif für eine 24-Stunden-Ausnüchterung in einem Narrenturm wie vor 200 Jahren zu sein. Als Strafe für Jammertexte, Solidaritätspartys, Aktiönchen und den trainierten Hundeblick. Dann wünscht der Autor zwar, daß ich mich nicht den Geiern zum Fraße vorwerfe wie der südafrikanische Schriftsteller Mickey Lindberg, aber daß ich meinen Tagesrhythmus ändere. Denn »sie sieht stets aus, als wäre sie gerade irgendeinem Bette entstiegen, und lange schlafen macht dumm«.
Danach in Nr. 3 1988 fünf empörte Leserbriefe. Unter anderem: »Peggy Parnass wäre vor 500 Jahren als Hexe verbrannt und vor 50 Jahren als Jüdin vergast worden«. Auf derselben Seite schreibt der, laut *ZEIT* nicht erwähnenswerte, Herausgeber des Blattes: »Lieber Leser, das tragische Schicksal, das die

Familie Parnass in der Nazi-Zeit erleiden mußte, ist mir bekannt ... Nur kann das, liebe Peggy Parnass, kein Grund dafür sein, sich ständig von sogenannten Spätgeborenen Essen und Trinken zu erbitten, Bufetts zu plündern und sich mit einer Aura des Jammers zu umgeben.«
All dies erfuhr ich jedes Mal von aufgebrachten Kollegen. Erschreckt haben mich die dämlichen Angriffe schon. Aber vor allem gewundert. Aber um mich wirklich zu verletzen, ging der ganze Unsinn zu sehr an meiner Person vorbei. Anders bei Hübotter, dem DKP-Millionär. Daß der *Konkret* öffentlich dazu gratuliert, mich los zu sein, wundert mich zwar auch, aber trifft ins Herz.
Ich war eigentlich als einzige nicht aufgeregt. Begriffen hab ich es nicht, denn ich hab weder mit den Schreibern noch der Zeitschrift irgendwas zu tun. Soweit ich weiß, haben meine Arbeiten sie auch nie interessiert. Dachte trotzdem, die *Szene* wäre ein eher linkes Blatt. Daß es Sauereien in Stürmer-Manier sind, ging mir eigentlich erst durch die Reaktionen von *taz*, *ZEIT*, *Arbeiterkampf*, *Vorwärts*, *Spiegel*, NDR, Radio Korah, WDR, SFB und Radio Bremen auf. Und durch den Brief des Widerstandskämpfers Tönnies Hellmann. Nur wundert es mich, wie einhellig alle Kollegen den Antisemitismus-Vorwurf erheben und ihn zum Schwerpunkt ihrer Veröffentlichungen machen.
Jost Nolte im NDR: »Vielleicht druckt ihn (den *Szene*-Schreiber) die *National-Zeitung* jubelnd nach.« Ulrich Greiner meint in der *ZEIT*: »Das ist der neue Antisemit: er meint es nicht ernst, er weiß nicht, wovon er redet, er weiß überhaupt nichts, aber er ist frech.«
Angreifbar bin ich natürlich in dreierlei Hinsicht: als Linke, als Frau und als Jüdin. Daß ich Linke und Frau bin, ist klar. Jüdin? Ich verschweige mein Judentum nicht, mag aber auch nicht darüber reden. Möchte weder auf- noch abgewertet werden für etwas, für das ich nichts kann.

Ich erlebe, daß ich als Expertin für NS-Prozesse gelte, obwohl von meinen über hundert Gerichtsreportagen nur fünf von NS-Tätern handeln.
Sicher wird jeder, der mich angreift, den Verdacht, etwas gegen Juden zu haben, weit von sich weisen. Wenn die Schreiber der *Szene* geschickter gewesen wären, wenn sie, jeden Hinweis auf Jüdin weglassend, nur dumm vor sich her gepöbelt hätten, was dann? Hätte der Vorfall die gleiche Empörung ausgelöst? Ich hoffe.
Ich hab die schriftlichen und verbalen Versuche, mich kaputtzumachen, immer im Zusammenhang mit *Konkret* gesehen. Kann auch den *Konkret*-Konflikt und die *Szene*-Reaktion schlecht auseinanderhalten. Dachte, die meinten wohl, ich sei durch die Trennung von *Konkret* zum Abschuß freigegeben. Dachte nie an Antisemitismus, nur – auch bei anderen Versuchen zum Rufmord –, daß sich irgendwelche Fans bei Gremliza einschleimen wollten. Er wohl auch. Denn er distanzierte sich brieflich: »... was da an sog. Polemiken und gerüchteweise über Dich verbreitet wird ... ist mies und dumm.«
Schreibt, daß wer immer jetzt über mich herfällt nicht seinen Beifall findet und daß er nicht verdächtigt werden möchte, »an diesem Schmuddelkram Anteil zu haben«.
Zweiunddreißig Pressefotografen, quer durch alle Verlage von links nach rechts, verlangen eine öffentliche Entschuldigung vom *Szene*-Herausgeber. Wollen sonst ihre Bilder in dem Blatt nicht mehr gedruckt sehn. Und die Deutsche Journalisten Union (DJU) attestiert mir: »Peggy Parnass hat keine ›Jammertexte‹ verfaßt, sondern brisante, politische Artikel.«
Bin so überrascht wie glücklich über all den Beistand. Gewärmt, wie durch tausend Umarmungen.
Damit ich nicht übermütig werde: Telefon. Wie so oft in diesen Jahren. Ein Anrufer, der gerade den *Spiegel*-Kommentar gelesen hat, brabbelt was von »Brauner Einheit«, Konfrontation. »Wir kommen Sie holen! Da wird gehobelt! Wir holen Sie mit der

Peitsche.« Und spielt mir – in voller Lautstärke – eine Hitler-Rede vor. Ich hörte mir alles bis zu Ende an. *Er* legte irgendwann auf. Nicht ich.

Viel Feind – viel Ehr? Freunde sind mir lieber.

Pubertät

Ich war uralt als Kind. Trotzdem gab's auch für mich so was wie ne Pubertät. Wenn auch keine übliche. Sicher haben auch bei mir Dinge stattgefunden wie Stimmwechsel, Stimmbruch. Ich hatte ne Baßstimme bis zur Pubertät. Die wurde dann heller. Ich hab also meine ganze Kindheit hindurch eine viel, viel tiefere Stimme gehabt als jetzt. Aber ich war mit elf schon sehr alt, sehr, sehr alt. Und wenn da so keine Spur von Kind, Kindsein da ist, von Kindheit, weiß ich natürlich auch nicht, wie das in eine egal wie geartete Pubertät übergleiten soll.

Ich bin ja als Kind in Schweden gewesen. Bin da aufgewachsen und hab da meine zwölf verschiedenen Pflegeelternfamilien gehabt. Mit all ihren Problemen und all ihren sexuellen Bräuchen und Gewohnheiten und den sexuellen Gewohnheiten ihrer jeweiligen Freundeskreise. Das hab ich ja immer alles mitgekriegt, da ich immer sehr interessiert war an allem und immer sehr genau hingeguckt hab und hingehört, damit keiner mir mehr was vormachen konnte. Und wären Leute zärtlicher gewesen – ich hab mich ja nie geliebt gefühlt –, hätt ich mich auch auf Sexualität eingelassen.

So wie es war, wurde ich mir statt dessen meiner Entwicklung, meiner ungewünschten und ungewollten Entwicklung zur Frau aufs übelste bewußt.

Als eine meiner zwölf Pflegemütter, die ich hatte, als ich zwölf war, mich zum Gaudi ihrer Gäste machen wollte. Ich lag in der Badewanne, als die alte Hexe reinkam, sich über mich bückte, kreischend »guck mal, guck mal!« schrie und mich an meinen beiden einzigen Schamhaaren zog. Ich tauchte unter, um mich vor ihr zu verstecken. Aber mein Unterleib schwamm nach oben, und schon hatte sie mich wieder. Bei meinen Härchen. Prustend und dunkelrot angelaufen vor Lachen. Während ich heulte und um mich schlug, sie mit Wasser vollspritzte, kamen ihre Freunde näher, um auch was vom Spektakel mitzukriegen. Ich hab die Frau so unbändig gehaßt, daß ich's gar nicht beschreiben kann. Mein Haß auf sie war so stark, daß sie ihn nicht ertrug und dadurch bald die nächsten Pflegeeltern fällig waren.

Jetzt war ich dreizehn. Und zu meinem Elend hatte ich nicht nur schon eine ganze Reihe neuer Härchen bekommen, sondern auch am Oberkörper wölbte sich was. Ich hatte keine Brüste, aber die Brustwarzen wuchsen und standen hervor. In der Mitte hatte ich von meiner Rachitis her einen ausgesprochen hervorspringenden Knochen. Den fand ich weit weniger ekelhaft als die Brustansätze. Im Sommer, als ich mit anderen Kindern baden war, legte sich meine entzückende Pflegeschwester ins Zeug. Wir waren in einer Klasse, und sie war die Klassenschönste. Sie hatte rabenschwarzes Haar, einen keilförmigen Haaransatz, eine hohe Stirn, herrlich geschwungene Augenbrauen, ellenlange Wimpern und Traumaugen. Diese Schönheit war in ihrer Gehässigkeit so unerträglich wie meine Pflegemutter a. D.. Wenn wir mit anderen Kindern zum Baden waren, schrie sie immer das heraus, was ich ihr anvertraut hatte. Nämlich, daß bei Hitze meine Brustwarzen anschwollen. Daß ich es widerlich fand und mich fürchterlich dafür schämte. »Guck mal, guck mal! Guck mal an, es ist warm, es ist warm!« juchzte sie dann, und die anderen Kinder schlugen sich auf die Knie vor Lachen und schrien es ihr nach.

Zu Hause lauerte immer ihr Schwachkopf von Bruder. Ellenlang, häßlich und vierzehn. Den ließ sie, gegen Geld, ins Badezimmer, wenn ich drin war, damit er gucken konnte, und sie stand selber lachend im Hintergrund. Wenn ich an die Zeit zurückdenke, wird mir noch immer heiß vor Wut. Ekel und Aufgebrachtsein, das war's, was die schöne Zeit des Übergangs für mich bedeutete. Mordpläne schmieden.

Nun hatten diese beiden gräßlichen Geschwister zu allem

Elend auch noch Eltern. Einen derben, fröhlichen Vater, der immer sagte: »Willst du mal sehen, wie ich meine Alte fick? Die Sau ist so fett, daß ich ihren Bauch anheben muß, um überhaupt das Loch zu finden. Ho ho ho ho ho ho ho hoo.« Und dann haben die beiden es mir gezeigt. Das hat mich komischerweise nicht so sehr geekelt wie all das andere. Ich weiß nur, daß ich sehr kalt zugeguckt hab. Und daß es meiner Entwicklung sicher nicht gutgetan hat. Denn von Liebe war nie die Rede. Immer nur Geilheit und dreckiges Gelächter.

Dann hab ich das Lager gewechselt. Mich zu den Jungs rübergerettet. Sie und mich daran gewöhnt, daß ich ein Junge bin wie sie. Das gab mir Sicherheit. Mädchen sein war ja schon an sich ein Risiko. Ich konnte also im dunklen Park spielen mit den Jungs, ohne angegangen zu werden. Ansonsten wußte jeder in Stockholm, daß jede, die durch den Park geht, selber schuld ist. Der Preis für mein Leben als Junge war, daß ich ihren dreckigen Witzen zuhören mußte, auch so tun, als fände ich es amüsant, was sie dann an dummem Zeug von sich gaben. Und neuer Ekel. Ich sah zu, als sie Mädchen jagten und grölend zurückkamen und Blut an den Fingern zeigten, wenn eine ihre Tage hatte.

Es wurde wieder Sommer. Ferien auf dem Land. Einer meiner beiden ersten Küsse wurde fällig. Wir lagen alle im Moos im Wald, und es duftete nach wilden Erdbeeren und anderen Herrlichkeiten. Da beugte sich der frechste Junge aus der Stadt über ein anderes Mädchen, bis er mich erreichte, und küßte mich plötzlich mitten auf den Mund. Sein Bonbon rutschte rüber, klebrig und widerlich. Hätte er's anders angefangen, hätte es mir vielleicht gefallen. Denn der Junge war nicht reizlos. Ich sah ihn dann einmal im Winter wieder. Er war der erste, der mit der Hand über meinen Oberkörper fuhr und meine widerliche Erhebung toll fand.

Im selben Winter bekam ich auch den ersten richtigen Kuß. Ich war auf der Schlittschuhbahn, wieder Junge unter Jungen, saß am Rand und fraß den schönsten von allen, den langen, schlanken, blondlockigen Gunnar mit den Augen. Es war ja nicht so, daß ich ganz blind für die Reize irgendwelcher Jungs war. In der Schule redeten die Mädchen ja von nichts anderem. Schon lange nicht mehr. Von Jungs, auf die sie scharf waren, Jungs, mit denen sie es trieben. Sie zeigten in der Turnstunde immer stolz die grünblauen Flecken auf ihren Innenschenkeln. Vielleicht hätten sie nicht soviel erzählt, wenn ich nicht soviel gefragt hätte. Ich wollt ja immer alles ganz genau wissen. Wie sie's machten, wie sie die Nasen hielten beim Küssen, ich wollte, daß sie's mir vormachen. Ich hab gebeten, zugucken zu dürfen, wieder bei einer Klassenschönen. Bei der war ich besonders gespannt darauf, weil die so aussah, wie ich gern ausgesehen hätte. Sie war ganz lang und schlank und hatte weißblondes Haar, wirklich eine schwedische Sexbombe. Und sie war die einzige von allen Mädchen, die was mit Jungs hatten, bei der mich der Gedanke daran nicht ekelte, sondern aufregte. Bei der wollt ich's nun wirklich ganz genau wissen. Und die hatte einen festen Freund, der wurde »Lillfingret« (kleiner Finger) genannt, wie sie mir lachend erzählte, weil er so einen kleinen Schwanz hatte. Der ist inzwischen Jazzpianist und war auch mit kleinem Schwanz ein ausgesprochener Knüller. Das war aber nicht ihr einziger, er war nur der feste. Abends im Park trieb sie's auf Bänken mit erwachsenen Männern, die schon um die zwanzig waren und ganz große Schwänze hatten. Und von denen hatte sie auch die Knutschflecken und anderes. Bevor ich mal zugucken durfte, verlangte ich als Beweis dafür, daß die großen Schwänze wirklich in ihre Möse reingingen, daß sie nen Kopfstand macht und ich einen Bleistift reinsteck. Sie hat es tatsächlich gemacht, und ich war überzeugt. Mich hat auch der Gedanke daran aufgeregt, daß einige Mädchen es auf der Treppe trieben und daß sie's wagten, obwohl jederzeit jemand vorbeikommen könnte. Und da hab ich auch überlegt, wie das wohl technisch möglich ist, wie die

das wohl machten, ohne von der Treppe runterzufallen.
Ja, und in der Zeit war eben der Abend auf der Kunsteisbahn, und Gunnar, der Vielbegehrte, der Umschwärmte, glitt auf mich zu, zog seine und meine Schlittschuhe aus, sagte: »Ich begleit dich nach Hause«, nahm mich an die Hand, zog mich über die Straße, rüber zu meinem Haus, durchs Treppenhaus hindurch auf den Hof. Es goß in Strömen. Wir standen zwischen triefenden langen Unterhosen und Bettzeug, als er mich in seine Arme nahm. Gunnar küßte mich so, wie ich mir heute noch wünsche, geküßt zu werden. Das hat mich so erregt, daß ich mich losriß nach diesem Wahnsinnskuß und bis in den vierten Stock atemlos hochrannte und mich oben aufs Bett schmiß. Später hatte ich Zeit genug zu bereuen, daß ich weggelaufen war, denn er fing ein festes Verhältnis mit einer aus meiner Klasse an. Mit einer, die auch nicht hübscher war, aber die mit ihm schlief.
London. Jüdisches Mädchen-Waisenhaus. Verliebte mich. Sie war 17. Wilde Kohleaugen, schwarze Ringellocken. Eine Taille! Alles biegsam, alles schlank. Eine schmale Carmen. In der Badewanne der schneeweiße Rücken. Die Halbdrehung zu mir hin, die an der Tür stand. Dieser freche Blick! Die weißen Zähne im lächelnden Rot. Die hochsitzenden, weit auseinanderstehenden spitzen, kleinen Brüste. Rannte weg wie bei Gunnars Kuß, statt auszuleben. »Ich will nicht, daß du mit der bummeln gehst«, sagte die Heimleiterin. Dachte jahrelang, bummeln bedeutet huren.
Wieso mich meine Brüste so geekelt haben? Allein das Wort Brustwarzen! Wer mag denn Warzen gern? Ich war nicht in der Lage, das mit etwas Reizvollem zu verbinden. Und von Mutti her wußte ich nur, daß die Brustwarzen von Bübchen, als er klein war, zerbissen wurden und daß sie gelitten hat wie 'n Tier und geschrien hat wie am Spieß, weil sie so entzündet waren. Ich weiß nicht, ob das der einzige Grund war, selber keine Brüste haben zu wollen.

Da kam sicher manches zusammen. Mir war ja überhaupt nichts fremd. Ich hab ja im Grunde nur so naiv gepielt, wenn ich sagte, ich muß mal sehen, ob ein Schwanz reingeht. Das wußte ich schon mit vier, daß da ein Schwanz reingeht. Das war mir alles, alles nicht neu. In der Theorie war mir absolut nichts fremd. Da ist ne riesige Diskrepanz zwischen meinem »in der Pubertät sein« und schon im Grunde seit so vielen Jahren alles gewußt haben. Ich hab ja von jedem Pflegevater, also auch schon vor diesem, der den Bauch anhob, mitgekriegt, was an Sexualität lief. Und als ich klein war, war mir das auch alles nicht so neu, nur da war es anders. Wenn es zwischen meinen Eltern war, dann war's ja toll. Meine Eltern liebten sich, wenn sie miteinander schliefen, egal, was sie machten – das war Liebe, andere fickten. Vielleicht fand ich, daß nur meine Eltern Liebe wert waren ...

Ich hab da ja noch mehr erlebt. Mit vierzehn, fünfzehn hatte ich wieder neue Pflegeeltern. Da war ich ja auch in der Pubertät. Ich wußte, daß die Frau immer nen Fünfer kriegte, wenn sie sich von ihm den Arsch versohlen ließ. Und ich wußte auch, daß es nicht ne Strafe sein sollte, sondern daß das eben ihr Spiel war. Das hat mich natürlich auch wahnsinnig angeekelt. Daß das auch was mit Gefühl zu tun haben sollte! Rock hoch, Hose runter, Arsch versohlen, Fünfer in die Hand gedrückt, innerhalb einer guten Ehe.

Da gab's auch die nächsten Erlebnisse. Dieser Arschversohler wollte seinen Freunden was Gutes tun. Ich galt ja als begehrenswert inzwischen, als heiße kleine Jüdin, als heißer Tip, obwohl ich mit niemandem was gehabt hatte. So wie die Mär rumgeht, daß Neger unermüdlich im Bett sind, versprachen sich die Kerle von mir auch die irrsinnigsten Dinge. Einige Vergewaltigungsversuche gab's in der Zeit, mißlungene. Von Möchtegernvergewaltigern, die ich in die Flucht geprügelt hab, weil die zu meinem Glück nicht bewaffnet waren, sondern sich auf ihre Körperkraft und ursprünglich vielleicht auch auf ihren Reiz, ihren Charme verlassen hatten. Es waren ja gutaussehende Jungs. Daß sie die Vergewaltigung versuchten, war ja immer erst, wenn sie nicht auf dem normalen Anmachweg vorankamen.

Na, jedenfalls, der Direktor, Söderbaum hieß er, mein damaliger Pflegevater, der Flagellant, der hat mich mal eingesperrt in mein Zimmer. Er holte seinen Freund, der für meine Verhältnisse ein alter Mann war, einundzwanzig. Der wahnsinnig geil auf mich war und auch nicht bei mir landen konnte. Den hat er reingelassen in mein Zimmer. Söderbaum klopfte also, und als ich aufmachte, schubste er den andern rein, machte die Tür von außen zu und schloß ab, und ich war mit dem geilen Bock eingeschlossen. Er versuchte, mir die Kleider herunterzuzerren, versuchte alles, was man so versuchen kann. Nun war das Zimmer Gott sei Dank zu ebener Erde, so daß ich irgendwann aus dem Fenster springen konnte. Aber das hab ich dem natürlich bis heute nicht verziehen. Lauter Gewaltakte und alle Welten entfernt von Liebe oder Zärtlichkeit, von Zartheit, Anerkennung oder Wertschätzung. Lichtjahre entfernt von Liebe. Darum wollte ich Junge sein.

Ich wollte dringend und ganz eilig erwachsen werden. Ich wollte endlich selber mein Leben total in die Hand nehmen dürfen, dann auch irgendwann entscheiden, ob und mit wem ich schlaf, aber alles selber entscheiden. Was ich auf keinen Fall wollte, war, daß über mich entschieden wird. Weder von der Natur noch von den Männern, noch von Pflegeeltern. Jede Entscheidung sollte bei mir liegen. Zwar wollte ich keine Brüste haben, aber das heißt nicht, daß ich nicht erwachsen sein wollte. Erwachsen hieß für mich aber nicht Frau werden, sondern selbständig, mit Frau sein hatte es nichts zu tun.

Mein Anteil an der Pubertät bestand für mich darin, daß ich lernen wollte, soviel wie möglich lernen. Ich bin gern zur Schule gegangen, ich wollt mir soviel Wissen aneignen wie möglich, soviel lesen wie möglich. Ich hatte kein Geld. Mein

Vormund fand, daß ich Dienstmädchen werden sollte. Damit wär bestens für mich gesorgt. Ja, ich wollt einfach soviel wie möglich lernen. Mit vierzehn hab ich mich aber schon selber ernährt. Bei Söderbaums zum Beispiel wurde nicht mehr für mich gezahlt, sondern ich mußte mein Essen und Wohnen abarbeiten.
Zwischendurch war ich in einem Haushaltsinternat. Das hat nicht viel genützt, denn ich war so unpraktisch. Konnte immer nur mit dem Kopf lernen. Vor der Klasse Reden halten – das konnte ich. Vor allem zum Thema Schwangerschaftsabbruch. Denn Kinderkriegen fand ich kriminell. Da hatte ich noch lange nicht meine Tage. Als ich sie mit fünfzehn endlich kriegte, als letzte von allen Mädchen, lief ich durch die Klassen und jubelte: »Jetzt bin ich ne Frau, jetzt bin auch ich ne Frau« und ließ mich feiern. Das war die erste Reaktion. Die zweite, nachdem sich meine kurze Freude gelegt hatte, waren Ekel, Zwang, Aufbäumen gegen die Vergewaltigung an mir. Von Stund an hab ich's monatlich ignoriert, völlig ignoriert. Es hieß, waschen wäre schädlich während der Menstruation. Ich aber badete in Wanne und Meer.
Es hat kein Erwachsenwerden gegeben. Selbständig wurde ich, ganz früh, dafür habe ich gesorgt. Nur sobald ich verliebt bin, ist die Selbständigkeit im Arsch.

Grenzen akzeptier ich nicht

Ich lebe in einem Land, in dem Alter und Jahreszahlen als Waffe benutzt werden, gegen den, der mit Zahlen aufwartet. Und ich hab keine Lust, Teil einer Statistik zu sein. Ich glaub für mich nicht an den Wert von Zahlen. Sobald Zahlen im Raum stehen, verliert sich der Mensch. Es ist mir ganz egal, ob Leute, wenn sie mich sehen, denken, daß ich 20 Jahre älter bin, als ich wirklich bin, das stört mich nicht. Oder daß ich 20 Jahre jünger bin, als ich bin. Denn ich wechsel ganz nach Befinden. Ich bin mal sehr jung, mal sehr alt. Das find ich realistisch, das trifft den Kern. Wenn's mir sehr schlecht geht und ich gefragt werde, wie alt ich bin, dann kann ich nur sagen: »Ich bin sehr, sehr alt.« Und wenn ich verliebt bin, wenn es mir gut geht und ich ausgeruht bin, dann bin ich sehr jung. Bei Tante Flora, Onkel Rudi und Tante Bertie bin ich Kind. Ah, tut das gut!

Ich hab mich viele Jahre zehn Jahre älter machen müssen, um arbeiten zu können. Seitdem ich 14 war, ernähre ich mich selbst. Ich hatte keine andere Wahl. Zuerst war ich Hausmädchen in Schweden und gab Erwachsenen Sprachunterricht. Sprachen konnte ich ja immer. In Schweden hab ich schon versucht, mich neben der Hausarbeit als Autodidaktin weiterzubilden, mich in Kurse reinzuschleichen und so. Dann hab ich drei Jahre in London gelebt und dort mein Cambridge-Examen in Englisch bestanden, als beste von hundert Leuten. Nicht, weil ich gepaukt hab, sondern weil ich mal eine englische Gouvernante hatte und dadurch fließend englisch sprach. Das bestandene Examen – mein erstes, tolles Erlebnis.

In Stockholm schrieb ich böse Filmkritiken für die kommunistische Tageszeitung *Ny Dag.* Mein Lohn: die Straßenbahnfahrt und die Kinokarte. Daß man mir auch hätte Geld geben können, kam mir gar nicht in den Sinn.

Dann hab ich zwei Jahre im schwedischen Reisebüro am Piccadilly Circus gearbeitet, aber ohne fest angestellt zu sein. Schlechter bezahlt als der Botenjunge. Den ganzen Tag war ich zuständig für telefonische Auskünfte. Abends und wochenends saß ich im ungeheizten Keller des Reisebüros, mit kuppenlosen Wollhandschuhen an den Fingern, und machte die Buchführung.

Weil ich staatenlos war, konnten die das mit mir machen. Nach London kam wieder Stockholm, Hamburg, Paris. Ich lebte in Hamburg, aber zwischendurch immer wieder in anderen Ländern, nur dann nicht gleich drei Jahre, sondern Monate.

Und als ich Schauspielerin wurde, irgendwann mal, war es wieder absurd. Da mußte ich mich jünger machen, um als junge Nachwuchsdarstellerin erfolgreich zu sein.

Jetzt mach ich ne Arbeit, bei der es eigentlich egal sein müßte, ob alt oder jung. Es hätte eigentlich immer egal sein müssen. Aber jetzt erst recht. Ich arbeite als Kolumnistin und Gerichtsreporterin.

Dieser Widerwille bei mir, festgenietet zu sein auf Jahre, bezieht sich nicht nur auf mich. Ich werd immer wieder all die Jahre hindurch gefragt, wie alt meine Freundinnen sind. Und wenn ich dann wahrheitsgemäß von jeder einzelnen sag: »Ich hab keine Ahnung«, dann will man mir das nicht abnehmen. Dann sagt man: »Wieso?« Wir seien doch seit mindestens 15 Jahren eng befreundet. »Das kann doch nicht wahr sein!« Es ist aber so. Ich hab's nie wissen wollen. Manchmal erfahr ich's dann zufällig. Inzwischen leider am laufenden Band. Wenn Leute sterben.

Ich liebe zerfurchte, alte Gesichter, finde sie schön. Aber bitte nicht auf meinem eigenen Hals.

Für mich ist Alter eine Bedrohung. Ich empfinde es als bodenlose Demütigung, wenn Verwelkungserscheinungen und Mängel sichtbar werden. Gleichzeitig find ich das dumm und un-

endlich ungerecht. Ich weiß, daß Männer diese Angst nicht haben müssen. Also, wär ich jetzt Mann, wär ich ein Mann mit grauen Schläfen und hochattraktiv damit. Und ich weiß auch, daß Falten bei einem Mann aus einem Marzipan-Arschgesicht endlich mal so was wie einen Charakterkopf machen können. Was auch lächerlich ist. Denn er muß ja gar nicht klüger geworden sein, sondern auch nur ein Stück älter.
Ich bin sehr jung. Meine Ängste treten nur auf, da wo Begehren auftritt, sexuelles Begehren. Also, wenn ich jemanden sehr begehrt hab, fand ich immer alle anderen Frauen auf der Welt schöner. Als ich mit 15 Knuspertitten hatte, hab ich mich fast zu Tode geschämt, daß ich überhaupt welche hatte. Es war also immer was falsch. Dann kamen die Jahre, wo meine Nase wichtig wurde, wo ich nicht wußte, wie ich sie halten sollte, damit sie nicht krumm wirkt. Wenn ich nicht so feige gewesen wäre, ich hab ja fürchterliche Angst vor Schmerzen, hätte ich mir schon lange, nicht gerade ne Stupsnase, aber sagen wir mal ne Vivian-Leigh-Nase machen lassen. Doch den Mut hab ich nie gehabt. Aber bei jeder neuen Verliebtheit fällt mir meine Nase wieder ein. Sonst nicht. Sonst brauch ich auch gar keine Angst vor anderen zu haben. Ohne Kosmetik. Ich weiß, daß sich 18jährige, 16jährige, 13jährige in mich verlieben, und mich nicht als alt oder älter empfinden. Jungen und Mädchen. Das sind eigentlich die, die sich am häufigsten in mich verlieben. Erwachsene Männer, glaub ich, ganz selten. Ich krieg's jedenfalls nicht mit.
Meine Unsicherheit ist, wie gesagt, nur da, wo ich selber jemanden möchte. Dann denk ich: »Oh mein Gott, wenn der mich bei klarem Licht sieht.« Diese Angst, nicht schön genug zu sein, nicht begehrenswert genug, die Angst, daß die Haut Wellen und Falten schlägt: Ich hab mich lange Zeit aufgrund einer unglücklichen Liebe so häßlich gefühlt, daß ich mich nicht mehr im Spiegel ansah. Ich hab Spiegel in der ganzen Wohnung, um sie so zu vergrößern. Da hab ich nie reinge-

guckt. Auch im Bad, da, wo ich mir die Zähne putze, hab ich nie in den Spiegel geguckt, obwohl der vor der Nase hängt. nach ein paar Jahren, hatte ich einen glücklichen, heiteren Tag und hab zum ersten Mal wieder mein Gesicht im Spiegel gesehen. Völlig verwundert, daß ich ganz glatt war. Glatt und bildschön. Ich wurde völlig euphorisch. Bis mir plötzlich aufging, daß ich nicht glatter geworden war in den paar Jahren, sondern meine Augen schlechter. Das war ein Schlag.

Für mich war es ein großes Vergnüngen, das erste Mal mit einem erwachsenen Mann zusammen zu sein. Das war meine vorletzte Liebesgeschichte. Als ich fühlte, daß sein Nacken etwas welk war, war ich zutiefst bewegt. Er war, bis auf einen, der Älteste in meinem Leben. Anfang 40. Nun sind allerdings auch die den Jahren nach erwachsenen Männer nicht erwachsen. Auch sie sind unreif und jungenhaft, sonst kämen sie wahrscheinlich gar nicht in Frage für mich. Es sind sowieso ganz, ganz wenige, die in Frage kommen. Einer von 100 000 vielleicht. Und wenn das dann nicht klappt, ist es für mich ne Tragödie, weil es dann so ist, als hätte ich ein vierblättriges Kleeblatt verloren. Wenn ich jemanden liebe, möchte ich den so nah dran haben, daß nicht soviel wie ein Blatt Papier zwischen uns paßt. Ich möchte sicher sein, daß er jede Sekunde, die wir uns nicht anfassen, vor Sehnsucht stirbt. Das muß ich unbedingt wissen, daß der nicht abgelenkt ist durch irgendwas anderes – und ich muß in Ruhe arbeiten können.

Ich bin FKKlerin. Ich lauf nackt vom Frühling bis zum Herbst. Da ist es mir ganz egal, wie ich ausseh, ich überleg es gar nicht. Bis auf einmal. Ich weiß noch, ich spielte Skat mit Freunden, da fiel mir ein bildschöner Junge auf, ein Adonis. Wir flirteten so ein bißchen mit den Blicken. Und als meine Freunde und ich Obst aßen, dachte ich: »So, jetzt geh ich zu ihm rüber und biete ihm auch Obst an.« Da hab ich mir vorher schnell was angezogen. Ich fühlte mich sofort nicht mehr schön genug. Ich tret ja nun dauernd vor vielen Leuten auf,

egal, ob das in einem Saal ist mit ein paar hundert oder ein paar tausend oder im Fernsehen vor Millionen. Da wär mir mein Aussehen völlig schnuppe, wenn nicht die Gefahr bestünde, daß auch ein Liebesobjekt unter den Zuschauern sitzt.
In letzter Zeit ist mir ein paarmal der Gedanke gekommen, was später wohl ist, wenn ich nach wie vor so jung bin und außer mir weiß es keiner. Das Schlimmste, was ich mir vorstellen kann, ist, dann noch auf Sehnsüchte angewiesen zu sein. Das heißt, auf die Erfüllung von Sehnsüchten. Vor Jahren, vor 15 Jahren vielleicht, hab ich alte Frauen interviewt. Frauen ab 60 aufwärts, und die hatten alle noch sexuelle Bedürfnisse. Mit mir haben sie darüber geredet. Das ist sonst ein Tabu, weil die meisten den Gedanken an das Liebesleben alter Frauen und Männer unappetitlich, wenn nicht sogar abartig finden. Den Gedanken, daß eine Frau von 60, 70, 80 Begierden hat, oder Gott behüte, sogar begehrt wird.
Sie stellen es sich ja nicht mal gern bei ihren eigenen Eltern vor, geschweige denn bei ihren Großeltern. Ich stell mir das unendlich gerne vor bei Alten. Ich stell mir nur nicht gerne vor, daß ich später vielleicht mit Silberlöckchen gierig werde auf einen 20jährigen. Manchmal stell ich mir vor, daß der sich dann auch verliebt. Bei Else Lasker-Schüler war es wohl so, daß sie über 70 war, als sie zum letzten Mal einem Jungen verfiel. Die hat ja auch immer so brennend geliebt.
Kürzlich in Hannover auf einem Podium von »Frauen für den Frieden« saß ne junge Frau von vielleicht 80 neben mir. Eine unglaubliche Frau. Eine Widerstandskämpferin, die weiter im Widerstand ist, wie es sich gehört. Die auch unter Adenauer noch ein Jahr hat sitzen müssen. Und das, nachdem sie schon unter Hitler und Stalin saß. Ohne ihren Glauben zu verlieren. Und Frauen wie diese kenn ich auch in Hamburg, die wunderbare Käthe Jakob, zum Beispiel. Überhaupt, die Frauen aus dem Widerstand – das sind alles *junge* Frauen. Unglaubliche Frauen. Die sind in einer ganz anderen Art und Weise ausge-

schlafen als die Studentinnen. Die sind ganz einfach wacher. Das sind Frauen, die man sich eigentlich auch immer nur politisch unterwegs vorstellt. Aber in Wirklichkeit haben sie auch ein oder zwei Ehen oder Lieben gehabt. Haben kleine Kinder gehabt, damals schon im Widerstand, haben nicht aufgrund ihrer Kinder alles sein lassen, sondern aufgrund ihrer Kinder das getan, was sie für richtig hielten. Und ich glaub nicht, daß, wer diese Frauen zu Recht bewundert, sie sich im Zusammenhang mit Sexualität vorstellt. Ich weiß auch nicht, wie diese Frauen sexuell leben. Ob die Kraft dann noch für beides reicht, für Männer und für Politik.

Diese Frauen sind jung. Geistige Vitalität und ein Interesse an anderen Menschen hält jung. Das sind alles Frauen, die sich niemals nur für sich interessiert haben. Die nie so im Vordergrund waren, daß sie darüber auch nur eine Sekunde die Welt um sich herum vergessen hätten. Es sind alles Frauen, die nach wie vor neugierig sind auf andere, wie die männlichen Widerstandskämpfer auch. Diese dümmlichen Eitelkeiten, die man sieht bei Männern und Frauen um 30, 40 finden da nicht statt.

Nein, ich akzeptier keine Grenzen. Grenzen der Kraft nicht, Grenzen von Staaten nicht, Grenzen des Wissens nicht. Das heißt nicht, daß ich alles weiß, sondern, daß ich fast gar nichts weiß und noch viel, viel lernen möchte. Ich empfinde Grenzen nicht als Schutz sondern als Gefängnis. Und die Zeitbegrenzung, die jagt mir einen tödlichen Schrecken ein. Ich hab doch noch so wahnsinnig viel vor. Dutschke ist gestorben mit knapp 40 Jahren. Peter Neuhauser war grade 40 geworden. Professor Peter Brückner – letztes Jahr gestorben. Professor Eberhard, der war zwar über 80, aber er war ein Junge, der noch viel vorhatte. Ist ja auch kein Alter, wenn man noch viel zu geben hat und so lebendig ist. Peter Weiss, mit dem ich sehr befreundet bin. Kipphardt, ein lieber Freund, knapp 60. Mein Freund und Kollege Hartmut Schulze mit 37. Ingeborg Dre-

witz, Dieter Gütt, Eugen Kogon. Und Erich Fried, um den ich mir seit Jahren Sorgen machte. Es gibt ja nur einige Dutzend Menschen in diesem Land, auf die ich mich verlassen kann, die ich verehre, denen ich glaube, deren Arbeit und Person identisch sind. Also dadurch werd ich bettelarm, wenn nach und nach noch einer und noch einer weggenommen wird. Ich finde, die ganze Welt wird dadurch ärmer, weil das alles Leute sind, die nicht nur ihre Kraft für ihre Familie benutzt haben, sondern überall. Überall, wo sie gingen und standen. Was anderes ist es, wenn man sich das Leben nimmt. Das kann ja jeder bestimmen, wie er Lust hat. Aber ohne es zu wollen, sterben zu müssen – Frechheit. Unverschämtheit.
Ich bange jeden Tag um Axel Eggebrecht. Bloch, Marcuse, die ich beide nicht kennengelernt habe, haben tiefe Trauer in mir ausgelöst, als sie so jung sterben mußten. Und eine Frau wie Ulrike Meinhof, eine der intelligentesten Frauen des Landes und gütigsten. Wie alt war sie? Knapp 40. Völlig verrückt. Völlig verrückt. Ein Abbrechen des Lebens. Mittendrin in der Fahrt Einhalt gebieten. Nein, es dürfte kein Ende geben. Nicht so lange soviel Leben da ist.
Für das Wort »Alter« könnte ich genauso das Wort »Tod« einsetzen. Darum arbeite ich auch soviel. Immer in Eile. Ich hab früher gedacht, daß ich mit spätestens 25 sterben würde. Darum hatte ich es immer so eilig, soviel zu tun, soviel zu erleben. Dann hab ich zwar gemerkt, daß ich nicht so früh sterben muß, aber dieses Gefühl der Eile hat mich nicht verlassen. Und wenn ich das mal ganz kurz vergesse, dann stirbt immer schnell jemand, den ich lieb! Dann weiß ich wieder, wie eilig ich's hab.

Passionen

Das kann man wohl sagen. Begegnungen, die auch immer was von einem Schicksalsschlag an sich haben. So ungeplant, so ungewünscht, so ungezielt.
Von dem Sog wollt ich erzählen. Dem Abstürzen in Augen, dem Verlorengehen in einer warmen, weichen, rauhen Stimme. Der elektrische Schlag einer kurzen Handberührung. Wilde Locken. Die Wahnsinnslinie eines Nackens, weltenentfernt von Speckfalten. Ein Mund zum Festsaugen – weich, fest voll. Ein knapper Hintern zum Reinbeißen. Raubtiergang. Füße zum Streicheln und Küssen. Nicht das schulbuchmäßige Abklappern angeblich erogener Zonen. Warme, trockene, schöne Hände. Doch vor allem immer Augen und Mund.
Zwiespalt mußte er immer ausstrahlen, Verzweiflung, ein Quentchen Wahnsinn und eine Menge Gefahr. Und ich muß mit ihm lachen können. Solche Männer sind selten, aber einige gab's. Und wenn sie da waren, ihre Augen wie Lassos nach mir warfen, war an ein Weglaufen nicht zu denken. Der Selbsterhaltungstrieb im Eimer, die Erfahrung der letzten Katastrophe wie weggewischt. Nur noch das totale Abtauchen in ihn möglich.
Rune in Stockholm. Außen wie ein wilder Zigeuner, innen blond wie ein Hefebrötchen. Unvergeßlich, weil ich Kim von ihm habe.
Der Maler Drenkmann. Schon im Mantel, auf dem Faschingsfest in der Insel. Seine brennenden Augen in dem wilden Gesicht quer durch den Saal. Wie unter Hypnose aufeinander zu. An die Hand genommen, sofort zu mir. Er hat einen Großteil seiner Bilder vernichtet. Sich erhängt.
Nigmann: auf der Treppe zum Hamburger Studentenwerk. Sofort. Weil er aussah wie Rune. Wir waren beide eifersüchtig.

Er auf Tucholsky. Kein Wunder, den mochte ich reichlich lieber als die ewigen Kalendersprüche meines Lovers. Eines Tages wedelte er triumphierend mit einem Zeitungsfoto: »Hahaha! Klein und dick ist dein Tucholsky. Nicht groß und hager, wie du immer gedacht hast! Was sagst du nun?« Ich sagte: »Macht nichts«, obwohl ich enttäuscht war. Daraufhin schmiß Nigmann alle meine Tucho-Bücher in den Ofen. Und dem hab ich nachgetrauert.

Bruno Noya, Italiener, Medizinstudent. Morgens um sieben in der kleinen Bucht vor meinem Zelt auf der Ile du Levant sah er mir beim Waschen im Meer zu. Und blieb. Generalssohn. Aus Protest liebte er den Kommunismus und mich. Später, in einer lauen Nacht in einem Park in Turin, versuchte er mich zu erwürgen.

Derval, der Brasilianer. Ich kam mit Kim aus Italien zurück. Anruf eines schwulen Freundes: »Peggy, du tanzt doch so gern. Das Ballett Brasiliana ist da. Und stell dir vor, wir haben drei der Tänzer kennengelernt. Können wir mit denen zu dir kommen? Wir bringen auch Kuchen mit.« – »Oh ja, gerne!« Klingelingeling. Tür auf, sechs Männer. Meine drei Freunde und drei traumhaft schöne Tänzer. So was bringt wohl nur die Sonne hervor. Aber ich sah nur Derval, reichte nur ihm die Hand und ließ sie ein Jahr nicht mehr los. Ließ alles stehen und liegen, ging mit der Truppe auf Tournee. Sah ihm jeden Abend zu. Nix Spagat und Überschlag wie die andern. Er war ja nur dabei, um die Welt zu sehn. Was ihm an Können fehlte, machten seine Hüftbewegungen wett! Er war schon eine Augenweide. In der kleinen Pension in Brüssel brach unser Riesenbett unter uns zusammen. Im Kölner Dom fielen wir vor den vielen Kerzen auf die Knie, heirateten auf unsere Art und schworen uns ewige Treue. Ich, Jüdin, dachte: Hauptsache, er als Katholik glaubt daran.

Derval verließ das Ballett, um bei mir zu bleiben. Die Zeiten wurden härter. Im Bett war's zwar unbeschreiblich, und jede

Nacht in die Galerie Zwo Vier tanzen gehen war toll. Aber die Narbe an der Unterlippe erinnert mich auch an ihn. Derval heiratete ein paarmal, diesmal richtig. In der Nacht vor der ersten Hochzeit bat er mich dringend, mit in die Flitterwochen nach Rom zu kommen. »Warum?« – »Damit es nicht so langweilig wird.« Er hat von verschiedenen Frauen schöne Kinder. Ich kannte alle, das kratzte mich nie. Meine Eifersucht war zu Ende. Nur einmal, auf der Berlinale, begehrte ich ihn nach vielen Jahren wieder. Nachts, zu vielen an einem Tisch, küßte er eine Frau, suchend, saugend, sie verging. Da wußte ich wieder, wie geküßt werden kann. Derval spricht inzwischen sieben Sprachen, ist ein guter Schauspieler und Autor. Wer jetzt an Premierenabenden sieht, wie er mir die Hände küßt, kann sich sicher nicht vorstellen, daß er mir in unseren besten Zeiten Beulen auf den Kopf schlug.
Josef, im Gewirr meiner damaligen Stammkneipe Rigas Fereos. Da war's so laut, daß ich sein Bayrisch nicht hörte und ihn für einen Afrikaner hielt. Wie deutsch er war, wurde mir erst in St.-Jean-de-Luz klar, als er dort bei 40 Grad im Schatten Kartoffelpuffer backen wollte. Jetzt ist er Jurist und handelt mit Computern.
Bruno. Plötzlich, nach seinem Film, einander gegenüber. Augen wie ein tiefer Sumpf. Glattes Haar, erheblich gelichtet. Alles egal. Verloren. Unsere erste Nacht hoch oben im Hotel Atlantic mit Blick auf die Alster. Die nächsten drei Tage und Nächte in meiner kleinen verwinkelten Kuschelhöhle. Später in Paris St. Germain im romantischen Hotel Danube sagte er: »Ich muß dich eliminieren.«
Oyly. Nach seiner Premiere bei den Priessenthalern. Schön, groß, wild und und unberechenbar. Also umgehend mit ihm in seinen kleinen roten Wohnwagen. Vier Wochen. Und das mitten in meiner Großstadt Hamburg.
M.'s Augen im Rückspiegel des Taxis. Er taucht immer wieder auf, setzt uns immer wieder in Brand. Obwohl ich weiß: Er ist

feige, verlogen, ein Schwächling und nur in Abständen besessen, fängt alles immer wieder von vorne an. Und das seit 22 Jahren. Die ungeheuerlichste Sinnlichkeit. Und die Passion einer amour fou – im wahrsten Sinne des Wortes. Er will in mir nur das Weib, sonst nichts. Das ist das Geheimnis.
Oft beruht alles auf einem Mißverständnis. Mit mir flippen sie aus. Werden dann irgendwann wieder sie selbst. Ich nehm trotzdem immer alles ernst.
Es gab auch andere. Die zwar hübsch waren, aber nicht den Wahnsinn in mir auslösten. Jedenfalls nicht den totalen.
Magie, der Argentinier, nomen est omen. In dem kleinen Jazzclub auf Ibiza. In seinen Liebesbriefen lagen blaue Blüten und dufteten. Und erinnerten mich an die Nächte in der Finca.
Ach ja, auf Kreta war ja auch einer. Genaugenommen zwei. Janis, der verwegenste Tänzer der Insel. Hohe schwarze Stiefel, schwarze Hosen, schwarzes Hemd, schwarzer Schnurrbart, schwarze Augen, schwarze Haare, schwarze Mütze. Und die höchsten Sprünge. Nein, Heide, schwarze Zähne hatte er nicht.
Ich war sehr lange da, so daß auch noch Nikos möglich wurde. Groß, schlank, lockig. Politisch links und sensibel. Das war, als mir Tanzen und Hüpfen nicht mehr genug waren, ich die Erster-Mai-Demo mitmachte und danach in einen verschwiegenen Linkentreff im Hafen Xanias eingeführt wurde. Da gab's Gespräche. Zwei Griechen, eine kleine Insel – und Welten dazwischen.
Cesar, der Zocker, beim Cha-Cha-Cha. Gleich mit ihm nach Paris. Sofort verkracht. Vier Wochen haßerfüllt Rücken an Rücken im großen Bett. Kein Kuß, keine Berührung. Paris war auch so schön. Am letzten Tag großes Abschiedsessen mit Freunden in unserer Wohnung. Cesar und ich einander gegenüber. Zwei Stunden, bevor mein Zug ging, sahen wir uns kauend an. Sahen und sahen. Sprangen auf, rasten in unser Zimmer, warfen einander aufs Bett. Beinah wäre ich geblieben.

David, der Palästinenser. Und das in Israel. Der mich auf französisch ansprach und sagte, daß schwarz auch seine Lieblingsfarbe sei. Unser Verhältnis war nicht gerade undramatisch. Ich hätte ihn gern in den Kibbuz meines Bruders eingeladen, in der Hoffnung auf Verständigung. Davor schreckten beide zurück.
Einer kriegte mich auch durch Lug und Trug. Hans, Jurastudent. Er hatte überall an der Uni rumgefragt, worauf ich stehe, und mich danach erst in der Mensa angesprochen. Gut vorbereitet, beglückte er mich in der ersten Liebesnacht mit gemeinsamen Lieblingsfarben, Lieblingsessen, Lieblingsmusik. Und Tucholsky auswendig. Das hat sich später bitter gerächt.
In London verlor ich meine Unschuld. Aber das hatte nichts mit Passion zu tun.
Die große Liebe war anders. Ahmed, der Marokkaner, war leidenschaftlich. Na ja, leidenschaftlich waren sie alle. Das war immer die Basis. Aber Ahmed war darüber hinaus fürsorglich. Kochte für mich, fütterte mich, massierte Kopf und Füße. Und erzählte mir die schönsten Dinge. War also auch Mutter. Das war die Krönung. Seine Familie trennte uns.
Der Entzug war der Schwerste.
Auch mit Peter war es anders. Seine Riesenaugen in der Klinik in Rinteln. So verloren, so suchend, so neugierig. So gierig. Im Weggehen die rutschenden Socken an den langen, dünnen Beinen zerrissen mir das Herz. Diese Hilflosigkeit – wie mein Bruder Bübchen, als wir klein waren. Auch an Kim erinnerte er mich mit seinen langen Locken. Er wurde gesund, machte sein Abitur nach, fing an zu studieren, machte Musik.
So eine lange Liste. Die drin vorkommen, werden sich ärgern. Die nicht genannten erst recht. So auf einem Haufen sieht das nach viel aus. Aber das Leben ist lang. Und gemessen an jeder Durchschnittshausfrau schlafe ich doch reichlich oft alleine.
Es ist so schade, daß mir all dieses Lieben, all diese Leidenschaft nur so reduziert in Erinnerung ist. Die Bedrohung ist

geblieben. Und die Trauer. Immer länger schreck ich vor Männern zurück. Totale Abstinenz, bis wieder einer über mich hereinbricht. Alles war Sucht. Immer. Der Entzug schrecklich. Nach jedem Mann lange wie blind durchs Leben. Wenn der Wahnsinn losgeht, wird alles sinnlich. Kann ich Telefon, Tellerrand und Bücher streicheln, Erotik auf alles übertragen. Auf Farben, auf Formen auf Essen, auf Stoffe, auf Düfte, auf Musik. Alles lebt. Erst hochgeschleudert, dann der Fall ins Nichts.
Immer wieder will ich, was nicht zu haben ist – die Beständigkeit der Raserei.

Trennungen

Jede Trennung hat was von Tod. Sicher nicht nur für mich, aber für mich ganz besonders. Meine Trennungsängste nehmen schon idiotische Formen an. Weil nichts und niemand für mich austauschbar ist. Meine Mutter nicht durch die zahllosen Pflegemütter, mein Bruder nicht durch andere Kinder. Mein Sohn sowieso nicht.
Das sind ja noch die großen, einschneidenden Trennungserlebnisse, bei denen die meisten mir sicher eine lebenslange Trauer genehmigen. Mutter und Vater umgebracht? Da bleibt kein Auge trocken. Von meinem kleinen Bruder gewaltsam getrennt, weil Erwachsene stärker waren als wir? Das ist schon sehr traurig.
Mein Sohn, den ich über alles liebe, wandte sich von mir ab. Mit vierzehn. Das ist schon eher eine Schande für mich. Auch wenn die Trennung mich fast in den Selbstmord trieb.
Doch zurück zur Kindheit. Da gibt es eine Reihe Erinnerungen, alle nicht wegzudrücken. Zum Beispiel damals im Krankenhaus. Da durften Mutti und Pudl, mein Vater, nicht rein, wenn sie mich besuchten. Drückten nur die Nasen platt an einer Trennscheibe. Wegen der Ansteckungsgefahr. Wenn sie gingen, konnte ich nicht hinterher. Und anfassen konnten wir uns auch nicht.
Dann die Trennung von Pudl.
Die Trennung von Mutti. Als wir mit andern Kindern nach Schweden geschickt wurden. Mutti hat uns zur Bahn gebracht, Hamburger Hauptbahnhof. Seitdem hasse ich den Bahnhof noch mehr als andere Bahnhöfe. Ich kann auch keine Züge sehn, ohne daß mir schlecht wird. Obwohl Mutti wußte, daß sie uns nie wiedersieht, stand sie da und hat gelacht, ihr herrliches Lachen mit weit aufgerissenem Mund, und gewinkt, so-

lange wir sie sehen konnten. Damit uns der Abschied nicht so schwerfällt.
Da war noch was: Ich hatte in Stockhom, als Heiligstes, alle Briefe und Fotos von Mutti in einem Schuhkarton. Auch die fünf Postkarten aus dem Warschauer Ghetto. Alle am selben Tag geschrieben. Als sie nach Auschwitz mußten. Alles im Karton hab ich oft am Tag gestreichelt und abgeküßt. Da sagte unser Vormund, Farbror Sigge: »Du wirst trübsinnig« und verbrannte den ganzen Karton mit Inhalt. Durch diesen Verlust gewarnt, trug ich jahrelang von morgens bis abends, erst in großen Taschen, später in Koffern, alle meine Fotos mit mir rum.
Meine Tante Flora, meinen Onkel Rudi und Tante Bertie, die alle um achtzig herum sind, rufe ich jeden Tag an. Auch wenn ich in Paris bin. Trauer vorwegnehmend. Die wahnsinnige Beklemmung, wissend, daß meine Verwandten, die Auschwitz gerade noch überlebt haben, schon bald nicht mehr da sein werden. Die letzten, die mich bedingungslos liebhaben. Der Gedanke macht mich duldsamer ihnen gegenüber, als ich es sonst bin. Es ist schön, wenigstens einige Leute nur mit den Augen der Liebe zu sehn. Noch andere letzte Zeugen meiner Kindheit. Tante Else und Tante Helma waren Muttis deutsche Freundinnen und immer lieb zu uns. Noch sind sie da. Unsere Nachbarn in der Methfesselstraße, die immer weniger werden. Gady kann oder will sich nicht mit mir erinnern, weil er erst vier war. Meine Cousine Urselchen, die wie eine Zwillingsschwester war, ist vor kurzem aus dem Fenster gesprungen.
Jede Reise, egal ob lang oder noch so kurz, löst Panik in mir aus. Ich kann weder alleine abfahren noch alleine ankommen. Meine armen Freunde lösen sich darin ab, mich zu Flughäfen, Bahnhöfen und Schiffen zu begleiten. Und am anderen Ende holen andere mich ab. Das Wissen darum macht den Aufbruch zwar leichter für mich, aber ändert nichts an meiner generellen Angst. Auch die Rückreise ist eine Abreise und damit fast genauso schlimm.

Bin ich nur Tage weg, befürchte ich, daß alles entweder abgebrannt ist, meine Freunde tot oder weggezogen sind, wenn ich wiederkomm. Bin ich dann wieder da, klapper ich erst mal atemlos eine Tür nach der andern in der Nachbarschaft ab, um zu sehen, ob die, die dahinter leben, noch da sind. Inzwischen etwas begründeter. Denn die Freundin bei mir im Haus, Erna Helms, die oft für mich mitkocht und mitwäscht und mit der ich so oft wie möglich Malefiz spiele, ist schon fünfundachtzig. Ein munteres Ding, aber ich les jeden Tag die Todesanzeigen und vergleiche die Daten.

Die letzten drei, vier Jahre bin ich fast ständig auf Polit-Podien und Lesetourneen. Von Stadt zu Stadt, von Land zu Land. Da komm ich aus dem Schrecken gar nicht mehr raus. Ich hab Freunde und Kollegen, für die reisen das Größte ist. Die beneiden mich und ich sie.

Ich halte es ja nicht nur nicht aus, mich von Menschen zu trennen und von Orten. Ich bin auch nicht in der Lage, Fotos wegzuwerfen. Wohl, weil ich mir Fotos meiner Familie so mühselig zusammenbetteln mußte. Als ich Gasthörerin an der Hamburger Uni war, stand ich in dem Ruf, unendlich fleißig zu sein. Weil ich täglich mit zwei Riesentaschen voll Fotos, so schwer, daß ich einen Gang wie Groucho Marx hatte, in die Vorlesungen kam. Aus Angst, sie würden mir geklaut. Ich hatte mir angewöhnt, alles, woran mir im geringsten gelegen war, zu fotografieren, um es festzuhalten, denn die Vergänglichkeit aller Dinge vergeß ich keine Sekunde.

Nicht nur meine eigenen Reisen sind für mich eine Qual. Wenn Freunde für Wochen die Stadt verlassen, fühl auch ich mich völlig verlassen. Obwohl ich sehr viele Leute kenne, stellt sich sofort das Gefühl ein, »jetzt hab ich niemanden mehr«.

Im Laufe der Jahre sind eine ganze Reihe Freunde und Mitstreiter gestorben. Das Alter war es nicht. Rolf Heuer. Rudi Dutschke. Ulrike Meinhof. Heinrich Böll. Ingeborg Drewitz. Heinar Kipphardt. Peter Weiss. Peter Schult, Hartmut Schul-

ze. Erich Fried. Und jetzt Eugen Kogon. Bis dies Buch raus ist, ist die Liste wahrscheinlich noch länger. Welch ein Verlust! Aber ein Verlust ist es für mich auch, daß Tucholsky, Kisch, Karl Kraus und Charly Chaplin, Bette Davis und Anna Magnani nicht mehr leben. Obwohl, bei Licht betrachtet, leben sie alle noch, durch das, was sie gedacht, gemacht und hinterlassen haben. Nur, ich würde sie alle so gerne anfassen.
Eigentlich hab ich recht viele Verwandte. Wahlverwandte, die mich hoffentlich auch nicht verlassen, bevor sie sterben.
Daß ich es sehr schlecht ertrage, Blumen welken zu sehen, hat natürlich mit Sterben zu tun. Vom eigenen Verfall ganz zu schweigen. Gott, hasse ich die Vergänglichkeit! Und den Gedanken daran, daß ich, blutjung, nicht mehr lange zu leben hab. Nur weil die Jahre ins Land gegangen sind. Noch zehn, zwanzig, dreißig Jahre vielleicht. Das ist doch gar nichts. Die huschen doch nur so vorbei.
Daß natürlich jede Leidenschaft umgehend die Angst vor dem Ende bei mir auslöst, ist klar. Macht alles kaputt, schon bevor es soweit ist. Ein paar lodernde Tage, danach nur Höllenqual. Schläft er, sitze ich wach daneben, aus Angst, er könnte aufwachen und abhauen. Hat er Mitarbeiterinnen, Kommilitoninnen, Dozentinnen, Therapeutinnen oder Cousinen, schmeiße ich mich an sie ran, um sie zu entschärfen.
Warme Haut im gemeinsamen Bett. Gemeinsames Frühstück. Würde ich jetzt nicht wollen. Aus Angst, daß es mir wieder zu wichtig wird. Will die Qual der Trennung, der unvermeidlichen, nicht. Jetzt sind meine große Matratze und die andere Hälfte meines Doppelbetts im Hotelzimmer immer voll Zeitungen, Zeitschriften, Manuskripten, Büchern, Radio und Telefon. Allzu selten zur Seite gefegt, um zu lieben.
Vielleicht bin ich verrückt. In mir zieht sich ja schon alles zusammen, wenn ich mitkrieg, daß bei mir in der Langen Reihe oder in einer der Nebenstraßen ein Tante-Emma-Laden dichtmacht. Auch wenn ich da nur selten eingekauft hab, wie zum

Beispiel in dem Papierwarenkeller in der Danziger Straße, den der neunzigjährige beliebte Herr Igel jetzt aufgegeben hat. Er, der ein dickes Buch voll Lebenserinnerungen schrieb, das schon 40 000mal verkauft wurde. »Dawai, dawai« heißt es. Die Leute hinter der Schaufensterscheibe nicht mehr sehen zu dürfen erfüllt mich mit Trauer. Und die Gefahr einer Modernisierung mit Entsetzen. Wenn dann noch praktische Gründe mitspielen, wie bei dem notwendigen Waschsalon uns gegenüber, erst recht. Den hat man in eine Münz- und Silberhandlung umgewandelt, die wir brauchen wie ein Loch im Kopf.

Oder die Gefahr, daß die Galerie Rose, mit Ausstellungen, Konzerten und menschlicher Nähe, entfernt wird. Das würde auch heißen, daß ich meine Freundin Heide, die sieben Jahre alles mit aufgebaut hat, nicht mehr täglich sehen kann. Da kämpfe ich natürlich um den Erhalt. Andere auch.

Es sind ja nicht nur Eltern, Bruder, Sohn, Verwandte, Freunde und Liebhaber, von denen ich mich nicht lösen kann. Ich trage meine Hosen, bis sie mir vom Leib fallen, bequeme Schuhe, bis sie sich auflösen, meine bodenlangen, schwarzen afghanischen Schlabberkleider noch lange, nachdem sie graugrün geworden sind. Ich liebe meine alten Sachen.

Aber da hört es bei mir ja nicht auf. Meine verwinkelte Altbauwohnung ist brechend voll. Eine zugewachsene Höhle voll wildwuchernder Pflanzen, denn ich habe jede von irgend jemandem, den ich mag, bekommen. Voll getrockneter Rosen- und anderer Blumensträuße aus demselben Grund. Voll von zahllosen Bildern, weil Freunde sie gemalt haben, von Büchern, entweder weil ich sie gelesen habe, oder weil ich sie noch nicht gelesen habe. Und weil sehr viele von Freunden geschrieben sind. Von nichts kann ich mich trennen, denn alles und jedes erinnert an jemanden.

Wenn es so weitergeht, bin ich bald zugewachsen wie Dornröschen. Jetzt geht's mir gut. Doch sollte ein Prinz sich durchkämpfen, um mich zu wecken, geht die Hölle von vorne los.

Gehret

Es geht mir unglaublich gut. Schon seit einiger Zeit. Weil ich mir die Liebe vom Leib halte. Ich lasse mich nur noch auf große Freundschaften ein, die ja auch – oder erst recht – große Liebe bedeuten. Und auf Bekanntschaften, die Ablenkung und Amüsement sind.
Ich wohne natürlich alleine. Und das mit großem Vergnügen. Nachdem ich die ganzen Jahre vorher immer in Wohngemeinschaften oder mit Liebhabern gelebt hab.
Ich bekomme sehr viel Post. Von Intelligenten, von Dummen und von Verrückten. Ich bekomme glühende Liebesbriefe und auch Drohbriefe. Beide nehm ich nicht besonders ernst. Die einen und die anderen nicht. Weil ich mich nie gemeint fühle. Auch der Brief eines Ulrich Gehret in schwer leserlicher Handschrift hat mich nicht berührt, das heißt, ein bißchen froh gemacht schon. Denn er schrieb, daß er mein Buch »Unter die Haut« schon seit zwei Jahren immer wieder liest. Und als Dank dafür wolle er, der Maler ist, mir ein Bild schicken. Es kamen weitere Briefe. Antworten tu ich ja nie. Und es kamen Kataloge. Drei Kataloge seiner Ausstellungen. Wunderbare Bilder, in die ich mich auf Anhieb verliebte. Erdfarben, nur Naturmaterialien. Mit Fotos vom Künstler und seinem Hund. Beide schön und wild.
Da dachte ich: Na, wer weiß, vielleicht ein Irrer, der versucht, an mich ranzukommen, und zu dem Zweck jemand anderem diese schönen Kataloge geklaut hat.
Ein Anruf. Aus München, wo gerade eine Ausstellung von ihm läuft. War plötzlich bereit, ihm zu glauben. Ich sagte ihm, daß ich seine Bilder wunderbar finde. Daß ich gar nicht mehr weggucken kann. Die Kataloge neben meinem Bett hab und immer wieder drin blättre. Daß an meinen Wänden allerdings

gar kein Platz mehr wäre für ein Bild. Alles proppenvoll. Wieder ein Anruf: »Ist das Bild angekommen?« – Welches Bild? – »Um Gottes willen. Ist es nicht angekommen?« Großer Schreck, denn ich weiß von ihm, daß seine Bilder zwischen acht- und zwölftausend Mark kosten. Gefunden! Gott sei Dank. Bei meinem Nachbarn, dem Schauspieler Alexander Wagner, abgegeben. Wir machten die große Rolle gemeinsam auf. Legten das wundervolle Bild auf den Fußboden. Auch das aus reinen Naturmaterialien – sinnlich, atmend. Ich bin so begeistert, daß ich Herzklopfen kriege.
Wieder Anrufe und wieder Briefe. Inzwischen weiß ich, daß er die Hälfte des Jahres auf einem Berg in Andalusien lebt. Daß er acht Jahre lang gebaut hat. An seinem Atelier, das er in den Berg hineingesprengt hat. Und an einem großen Schlafraum mit übergroßem Bett. Daneben eine Riesenwanne, die immer mit frischem Quellwasser gefüllt ist. Von der Quelle, die von seinem Berg runterfließt. »Da laß ich mich immer vom Bett aus reinrollen, wegen der Wahnsinnshitze.« Die Quelle benutzt Gehret auch für seinen Swimming-Pool. Strom für Licht, Fernseher und Video kriegt er durch Sonnenenergie. Hundert Meter entfernt noch ein selbstgebautes Haus für Besucher. Mit Küche. Denn er will zwar isoliert leben, ganz alleine, abgeschieden von der Welt, um in Ruhe malen zu können. Aber es reisen ihm doch dann und wann Freunde oder, noch öfter, Freundinnen nach.
Um auf den Berg raufzukommen, muß man mit dem Auto oder zu Fuß einen Fluß durchqueren. Das nächste Dorf, also der nächste Laden, ist eineinhalb Stunden Kletterweg entfernt. Ich war immer noch sehr skeptisch, denn das klang ganz einfach zu abenteuerlich. Es kam noch mehr dazu: die zweite Hälfte des Jahres ist er in Argentinien. Tiefseetauchen. Das klang alles so sehr nach Hemingway. Ich hab wieder nichts geglaubt, bis ich seine Mutter, die in Freiburg lebt, am Telefon hatte. Die sagte, sie sei ja besonders stolz auf den andern Sohn,

der Oberstleutnant ist, wie der Vater es gewesen war. Aber zu Ulrich wär sie schon mal auf den Berg gefahren. Das müsse sie schon sagen: alle Achtung! Er habe sich da wirklich was hingebaut. Über seine Bilder sprach sie nicht. Obwohl sie ihn liebt und immer für ihn da ist.

Gehret erzählte auch, daß er acht Jahre mit einer Peruanerin verheiratet war. Und davon, wie er sie kennenlernte. Er sah sie auf der Straße, wunderschön. Sie gingen aneinander vorbei. Als er sich nach ihr umdrehte, drehte sie sich gleichzeitig um. »Da wußte ich, es wird gut.«

Acht Jahre blieben sie zusammen. Bevor er sie heiratete, sagte er: »Damit du weißt, daß du dich immer auf mich verlassen kannst, daß ich immer für dich da bin, machen wir erst eine Reise in den Tod.« Er fuhr mit ihr auf dem Motorrad durch die Wüste, das Meer entlang und durch den Urwald. Er unternahm die abenteuerlichsten Dinge mit ihr. Fünfmal kam sie fast ums Leben. Er hat sie jedesmal gerettet. Und damit bewiesen, daß er Wort hält. Dann Ehe und Kind. Auf dem Berg allerdings wollte sie nicht mit ihm leben.

Wieder Briefe. Wieder Anruf. »Ich muß dich unbedingt drei Stunden sehen. Drei Stunden sprechen. Du mußt drei Stunden Zeit für mich haben.« Da sagte ich, obwohl oder weil animiert: »Du kennst mich ja nur von den Fotos auf meinen Büchern. In Wirklichkeit seh ich ungefähr hundert Jahre älter aus.« »Aber das macht doch nichts, das spielt doch keine Rolle«, sagte Gehret. Na Gott sei Dank.

Er kam also mit seinem großen Wagen und vielen Bildern drin. Es ist eine Art Bus, in dem er auch schlafen kann. Seinen wunderschönen Hund hatte er dabei. Wie der 45jährige Gehret aussieht, hatte ich schon in den Katalogen gesehn: ganz hellblond, mit unendlich intensiven, hell hellen Augen. Als er vor mir stand, sah ich, daß das Hellblond nicht blond war, sondern ganz weiß. Silberweiß. Dichtes Haar, eng an dem wunderbar geformten Kopf liegend. Und wirklich wunder-

schöne hellblaue Augen. Röntgenaugen. Braungebrannt, ungefähr 1,80 m. Muskulöser Oberkörper. Schlank. In Jeans und T-Shirt. Er hielt mir nicht Blumen, sondern ein hohes argentinisches Tongefäß entgegen. Übervoll mit Orangen und Zitronen. Auf seinem Berg selbstgepflückt.
Ich war sehr befangen, weil ich wußte, wieviel er von mir erwartete. Was er alles in mich hineingelesen hatte. Und auch, weil er so viel Intimes – wie jeder Leser meiner Bücher – über mich wußte.
Die drei Stunden, die er mit mir verbringen wollte, saßen wir unten im Restaurant, bei Marco. Und er erzählte. Ich sagte kaum was. Er redete wie ein Wasserfall. Erzählte mir sein Leben. Auch Intimes, auch Beschämendes, auch Gefährliches. So daß ich, als er sich auf der Straße dafür entschuldigte, daß er eine Sonnenbrille aufsetzte, fragte, ob er seine Augen oder sich vor Verfolgung schützen wolle. Fand ihn schon sehr abenteuerlich.
In den kleinen Läden der Langen Reihe hatten wir viel Spaß. Wir waren im Gemüsekeller, beim Bäcker, beim Geflügelmann. Ich glaube, auch beim Schlachter. Wir waren wirklich so ziemlich überall. Und dann sagte er, daß er sein Bild auch noch für mich rahmen wolle. Dafür brauche er Stahlnägel für die Wände. Der Eisenladen hatte dicht. Urlaub. Da ging ich mit ihm in die Apotheke und fragte, ob sie Stahlnägel hätten. Wir waren unglaublich ausgelassen, und der Apotheker kam tatsächlich mit zwei ellenlangen Riesennägeln an, und die nahmen wir mit. Dann fragten wir noch in ein paar anderen unmöglichen Läden nach Nägeln. Auch im Antiquitätenladen und in der schönen Buchhandlung Wohlers. Haben da tatsächlich ne Handvoll bekommen.
Auf dem Weg zurück zu mir sagte ich: »Laß uns doch hier im Parterre mal beim Axel Wagner klingeln. Der hat doch dein Bild gesehn und fand es auch so schön.« Axel jubelte: »Ich hab Geburtstag! Das hab ich selbst gerade erst erfahren, ich hatte

es vergessen. Und nun will ich eine Party machen. Ich hab schon überall rumtelefoniert, auch bei dir.«
So wurden die drei Stunden verlängert und verlängert. Gehret machte Furore. Es kamen die schönsten Mädchen, mit Haaren bis zum Knie, vom Thalia-Theater und vom Schauspielhaus, um Axel zu feiern. Krochen aber fast über den Küchentisch, um näher an Gehret dranzusein. Mich faszinierte er auch. Mit dem großen scharfen Klappmesser, das er aus der Hose zog, um für alle Brot zu schneiden. Er schien alles dabei zu haben. Er war das begehrte Objekt. Und ich dachte schon: na ja, das wär's dann wohl gewesen. Der wird sich jetzt eine von den Schönheiten aussuchen, und dann seh ich ihn vielleicht morgen noch mal wieder.
Aber oh Wunder. Er hatte kein Auge für irgendwen. Außer für mich. Um Mitternacht wurde er resolut und sagte, er sei die ganze Nacht durchgefahren, jetzt müßten wir mal raufgehn. Als wir zu mir hochkamen, zögerte ich einen Moment. Wenn man reinkommt, ist gleich rechts das Arbeitszimmer und geradeaus mein Schlaf-, Lebens- und Aufenthaltsraum. Ich zögerte wirklich. Ne Sekunde. Nehm ich ihn mit zu mir oder stoß ich die Tür zum Arbeitszimmer auf? Dann sagte ich: »So, du kannst im Arbeitszimmer schlafen. Gute Nacht.«
Morgens um sieben hörte ich ihn schon wieder. Da war er dabei, ein riesiges Brett zurechtzumachen für das riesige Bild. Er lief runter zu seinem Wagen, um Kleber zu suchen. Und um seinem schönen argentinischen Hund was zu essen und zu trinken zu geben. Der hat seinen eigenen Schlafbereich in dem großen Wagen.
Nun war klar, jetzt würde Gehret bald losfahren. Aber vorher noch ein üppiges Frühstück. Was wir am Abend eingekauft hatten, war ja noch da. Ein Geschlemme. Eier, Tomaten, Paprika, Pepperoni, Radieschen. Wunderschönes frisches Brot. Herrliche Butter. Starken Kaffee. Nescafé natürlich, anderen kann ich ja nicht. Und Geklöne. Und Gelächter. Plötzlich war

alles viel einfacher. Ich war nicht mehr so befangen wie am Tag vorher, nicht mehr so verunsichert, verklemmt. Wir lachten und aßen und aßen und lachten und erzählten. Wir waren absolut frei.
Da fing der Rückfall an. Ich dachte, oh, das ist ja wunderbar. Sonst frühstücke ich überhaupt nicht, weil ich nicht allein essen mag. Hörte mich sagen: »Ach, wär das toll, wenn du noch ein paar Tage hierbleiben würdest. Es macht ja so'n Spaß, mit dir zu frühstücken!« Das konnte ich ungestraft sagen, weil ich wußte, daß er noch am selben Tag in Dortmund einen Museumsdirektor treffen mußte. Auch wenn er seine Verabredung auf den späten Abend verschoben hatte.
Ich sah Gehret bei der Arbeit zu. Er strich das große Brett weiß an. Das Bild verlor seine Sinnlichkeit, als es auf das Brett geklebt war. Mit Uhu. Kalkweiß umrandet. Ich war entsetzt. Gehret, voll Einfühlungsvermögen, sah, wie mein Gesicht immer länger wurde, das Kinn bis auf's Brustbein reichte, und sagte: »Das mach ich gleich, das veränder ich.« Hat dann mit Kaffee das Weiß so übergepinselt, daß es eierschalen wurde. Jedenfalls besser als vorher. Trotzdem war ich sehr enttäuscht.
Ich begleite ihn runter. Mein großer Briefkasten ist knallvoll wie jeden Tag. Sage: »Scheiße, nichts Privates. Keiner liebt mich.« Er: »Ab jetzt wirst du jeden Tag einen Liebesbrief bekommen.«
Auf der Straße nehmen wir uns zum Abschied in die Arme. Ohne Kuß. Oder auf die Wange? Ich hab mich nicht mehr umgedreht. Trotzdem weiß ich, daß ich einer Niederlage nahe war. Ganz nahe dran, mich wegen eines Frühstücks wieder in eine Liebe zu stürzen.
Jetzt kommen weiter diese schwer leserlichen Briefe. Und Anrufe. Erst noch aus Deutschland, jetzt aus Andalusien. Was er dafür bei der Affenhitze alles auf sich nimmt. Den langen Weg zur Post wegen jeder Briefmarke. Und um zu telefonieren. Weil ich keine Briefe schreiben mag. Er hat mir auch, per Ein-

schreiben, ein kleines Glas selbstgemachter Orangenmarmelade geschickt. Und noch zwei wunderschöne Bilder. Mit Hilfe irgendwelcher armen Freundinnen, die sie vom Berg herunter nach Deutschland transportieren, verpacken und an mich schicken mußten. Auf der Rückseite des neuen großen Bildes ist ein langer langer Brief.
Ich hab eine standing invitation rauf auf den Berg und trau mich nicht hin. Wenn ich mich dahin- und wieder wegzaubern könnte, wär ich schon längst dagewesen. Ich würde gerne sehen, wie er lebt. Möchte aber keine Schwierigkeiten, will kein Risiko eingehn. Säße in der Falle. Ich kann ja nicht Auto fahren. Wäre auf ihn angewiesen. Auf seinen Wunsch, mich dazubehalten oder wegzulassen.
Nur weiß ich nicht mehr, was die größere Niederlage wäre: es auszuleben, um dann zu leiden. Oder nichts mehr auszuleben. Und es mir gutgehn lassen.

Gelüste

Spät, aber doch, hab ich die Sinnlichkeit des Essens entdeckt und mein Leben dadurch um einen Hochgenuß erweitert. Außerdem hab ich, seitdem ich mir ganz neue Formen angefressen hab, spitzgekriegt, daß Männer und Frauen ein schönes Stück Fleisch nicht nur auf dem Teller gerne sehen. Ich jedenfalls esse nicht, um abzunehmen.

Früher war das mit mir sehr anders. Ich fand jede Art von Essen ekelhaft. Eines Tages, als ich wieder voll Abscheu in mein gutes Essen starrte, sprach meine unglückliche Frau Mama: »Andere Kinder wären dankbar, wenn sie nur ein Drittel davon hätten.« Peggy-Suppenkasper seufzend daraufhin: »Ich auch, Mutti, ich auch!«

Später war ich unheimlich stolz darauf, vom Essen unabhängig zu sein. Ich empfand Mahlzeiten als Zeit-, Kraft- und Geldverschwendung. Nur unter einem litt ich – weil ich kein Taschengeld hatte –: Ich konnte an keiner Bäckerei vorbeigehen, ohne mir die Nase am Schaufenster plattzudrücken. Knieschwach vom Duft, den ich tief, tief einatmete. Damals schwor ich mir, wenn ich groß bin, entweder durch Einheirat in eine Konditorei oder durch Vermögensbildung auf eigene Faust, mich Tag für Tag an Konfekt und Torte vollzuessen.

Mein Hang zu allem, was süß ist, gilt in Schweden, wo ich aufgewachsen bin, nicht als abnorm. Kunststück, in einem Land, in dem alles gesüßt wird: Brot, Senf, Würstchen, Salat. Ach, eigentlich alles.

So erklärt sich wohl, daß ich mir, als ich noch blöde genug war, mich für zu gut und zu »emanzipiert« fürs Kochen zu halten, nur Puddingkochen beibringen ließ. Das heißt, die Grundidee. Die ich dann ausweitete, bis mein Pudding keine Ähnlichkeit mit einem üblichen Pudding mehr hatte.

Schokoladenpudding
Puddingpulver,
1 1/2mal soviel Zucker wie auf dem Rezept
und Milch statt Wasser
gleich kalt im Kochtopf zusammenrühren (spart Abwasch).
Einen großen Klumpen Butter rein. Damit beim Erhitzen nichts anbrennt – und weil es gesund ist.
Wenn der Pudding dick ist, geht's erst richtig los:
Viele Süßmandelscheiben, Rum nach Lust und Laune, geschlagene Sahne und Kokosraspeln drunterrühren.
Abschmecken. Aber nicht so intensiv, daß das Ganze schon in der Küche alle wird.
Die riesige Menge – es soll ja zum Sattessen für einen selbst und die FreundInnen sein – in eine große Schüssel.
Viele kleine Baisers und Bananenscheiben drüberstreuen.

Nach einem Jahr, als meine FreundInnen keinen Schokoladenpudding, egal wie variiert, mehr runterwürgen konnten, weitete ich meine Kochkünste aus.

Grießbrei
Auch mit viel Milch, viel Zucker, viel Butter.
Und als besondere Delikatesse: ganze Nelken mitkochen.
Auf den fertigen Griesbrei Zucker und Zimt.
Und kalte Butterstücke an den Rand.

Inzwischen servier ich diese beiden Köstlichkeiten nur noch selten als Hauptgericht. Denn als ich mitkriegte, daß ausgerechnet meine fantasiebegabtesten männlichen Freunde soviel Spaß an der Kunst des Kochens hatten, wurde ich mitgerissen. Genaugenommen war es mein zehnjähriger Sohn Kim, der mir das Kochen beibrachte.
Da ich aber nach wie vor das Essen vergesse, wenn ich allein bin, mich dafür aber ein vehementer Heißhunger überfällt, so-

bald FreundInnen auftauchen, koch ich immer gleich große Mengen. Erstens, damit sich keine/r beim Essen bremsen muß. Zweitens, damit es gleich für mehrere Tage reicht. Und immer nur Sachen, die schnell gehen. Denn ich koch inzwischen zwar wahnsinnig gerne – verbring aber trotzdem nur ein Minimum an Zeit in der Küche.
Wenn FreundInnen spät kommen, mach ich's mir noch leichter als sonst. Besonders beliebt und komischerweise den meisten vorher nicht bekannt ist unser

Eiermatsch – Ich könnte auch Eiermus sagen
3 wachsweich (5–6 Min.) gekochte, warme Eier pro Person, mit einem Klumpen Butter mit der Gabel musen.
Viel Schnittlauch mit einer Schere reinschneiden. Bei euch wächst doch sicher auch Schnittlauch im Keramiktopf auf der Fensterbank. Bei mir, wegen der ewig kackenden Tauben, leider nicht mehr auf dem Balkon.
Gewürze: Pfeffer, Salz, Paprika oder Curry, Senf oder Meerrettich. Auf jeden Fall auch Radieschenscheiben.
Mit Toast oder Schwarzbrot als Unterlage kann man dann am Tisch – jede/r für sich – irrsinnige Brote machen. Zu den riesigen Mengen Eiermatsch sehr gerne aufs selbe Brot: haut-und grätenlose Sardinen, Bückling, Tomaten, Schinken, Salami.
Dazu schmeckt mit körnigem Reis und freundlichem Lächeln der

Nam-Nam-Erfrischungssalat
Schon wieder ist die große Holzschüssel dran.
Erst mal mach ich die Sauce: Zitronensaft (aus frischen Zitronen oder dem Konzentrat aus einer Glasflasche, da Plastik giftig). Ein bißchen Öl. Schnittlauch, Dill, Pfeffer, Salz, ganz wenig Knoblauch-Pulver.
Dann rein mit dem sauberen, getrockneten, kleingefetzten Kopfsalat. Dünne frische Gurken- und noch dünnere Rettich-

scheiben, Tomaten und Radieschen. Darüber zwei Gläser Mandarinen mit Saft.
Alternative: Statt Kopfsalat und Mandarinen – Chicoree und Ananas in kleinen Stückchen (Glas/Dose).
Kaltstellen. Hoffentlich habt ihr einen großen Kühlschrank. Sonst ist das bei meinen Mengen ein Problem.
Der Saft des Salates schmeckt als Getränk, wenn man den Rest weggegessen hat, fantastisch.

Bei mir gibt es nichts zu essen, was an Käse erinnert. Meine Abneigungen sind, wie auf allen Gebieten, mindestens so heftig wie meine Zuneigungen. Ich hab zum Beispiel eine ausgesprochene Käsephobie. Die schon bei leicht säuerlicher Milch anfängt und sich über Joghurt und Quark bis zum stinkenden Kriecher hin hält. Traumatische Kindheitserlebnisse: In den Schulpausen jagten mich brutale Mitschüler, holten mich natürlich ein und hielten mir johlend ihre Käsestullen unter die Nase.
Auch vor rohen Zwiebel- und Knoblauchküssen mach ich einen Satz. (In Pulverform oder gebraten machen mir Zwiebeln nichts aus.)
Vor Schalentieren und ähnlichem habe ich einen Horror. Solche Dinger, groß oder klein, als Austern, Tintenfische oder Krabben verkleidet, landen nicht mal aus Versehen in meinem Hals. Auch keine aasfressenden Aale, kein teurer Kaviar, keine Blutwurst oder Fettklumpen.
Schocken tun mich auch große, anklagende Fischaugen auf dem Teller. Ich bin allerdings bereit, meine Fantasie in Hafenrestaurants vorübergehend auszuschalten. Vorausgesetzt, man enthauptet die geschundene Kreatur, bevor man sie mir serviert. Fisch kann auch köstlich sein. Besonders

Strömmingflundra – schwedisch
Da hole ich auch wieder gleich für 10 Personen ein.

Flunder-Filet, herrlich frisch.
Tue auf die Hälfte davon je einen Strauß Petersilie und einen großen Klecks Butter.
Dann immer mit einem Filet, als ob's ein Sandwich wär, zudecken.
Paniermehl drum rum und rein in die heiße Pfanne. Von beiden Seiten braten, bis der Fisch gar ist. Geht unheimlich schnell.

Dazu gibt es
Kartoffelpürree aus der Tüte
Rezept lesen, wegschmeißen und vergessen.
Püreeflocken und Milch, bloß kein Wasser, von vornherein zusammen mit Butter in einen großen Topf. Fröhlich die Acht rühren, damit es nicht anbrennt. Salz, Pfeffer, Paprika, Thymian und Dill reinrühren.

Dann gibt es noch Nachtisch für Leute, die immer noch nicht kräftig genug sind:

Bananenmus mit viel drin
Pro Kopf 2 Bananen.
Mit Zucker, Eigelb, Honig und dunklem Kakao musen.
Haferflocken, Schlagsahne, Rum und Mandeln drunterrühren.
In kleine Schalen füllen.
Einige Teelöffel Apfelmus und Preiselbeeren drauf.

Meistens essen die Leute, während sie stöhnen: »Oh Gott, oh Gott, ich kann nicht mehr!!« immer weiter.
Da lacht mein Herz!
Aber noch mehr lacht es, wenn meine Freunde sagen: »Peggy, willst du nicht zu uns zum Essen kommen?«

Quellenverzeichnis

Wo es schön war, aus: J. Keller (Hg), Die Ohnmacht der Gefühle. Heimat zwischen Wunsch und Wirklichkeit, Weingarten 1986
Mein Hamburg, aus: Ch. Ueckert/J. Beißner (Hg), Hamburg. Menschen wie Schiffe, Hamburg 1988
St. Pauli, aus: Die weiße Taube flog für immer davon. Ein St. Pauli-Bilderbuch von G. Zint, Reinbek 1984
Pudl, aus: S. Feigl/E. Pablé (Hg), Väter unser. Reflexionen von Töchtern und Söhnen, Wien 1988
Aus sicherer Ferne, aus: U. Kolb (Hg), Die Versuchung des Normalen. Autoren stellen sich ihrer Geschichte, Frankfurt 1986
Kim und ich, aus: H. Häsing/V. Brandes (Hg), Kinder, Kinder. Lust und Last der linken Eltern, Frankfurt 1983
Onkel Rudi, aus: *Hamburger Rundschau*, 6. 8. 1987
Barbie in Bolivien, aus: G. Sánchez/E. Reimann (Hg), Barbie in Bolivien, Köln 1987
Jenninger, aus: *taz* vom 22. 11. 1988
Todesschuß, aus: *taz* vom 22. 7. 1989
Soldatin?, aus: Nicht friedlich und nicht still, München 1982
Israel, aus: *Grüne Blätter* vom Juni 1988
Na so was; unveröffentlicht, Januar 1990
Keine Frau treibt aus Jux ab, aus: *Vorwärts*, 8. Okt. 1988
Ingrid Strobl, aus: *Vorwärts*, 25. Febr. 1989
Mord für Mord, aus: *Konkret* 4/87
Viel Feind – viel Ehr?: unveröffentlicht
Pubertät, aus: H. Eppendorfer (Hg), Kleine Monster. Innenansichten der Pubertät, Hamburg 1985
Grenzen akzeptier ich nicht, aus: A. Joschko/H. Huntemann (Hg), Die ungekannte Freiheit meines Lebens. Frauen zwischen Jugend und Alter, Weinheim1983
Passionen, aus: M. Wolff (Hg), Passionsspieler, Frauen über erotische Männer, Reinbek 1987
Trennungen, aus: H. Häsing/I. Mues (Hg), Du gehst fort, und ich bleib da. Gedichte und Geschichten von Abschied und Trennung, Frankfurt 1989
Gehret; unveröffentlicht
Gelüste, aus: S. O'Sullivan (Hg), Aus aller Frauen Länder. Gerichte, Gelüste, Geschichten, Berlin (West) 1989